君死に給ふことなかれ

神風特攻龍虎隊

古川　薫

幻冬舎文庫

目次

プロローグ　月光を浴びて……7

第一章　エメラルドの海……13
赤トンボの碑／思い今絶つ

第二章　戦時下のヒコーキ作り……35
羽田／空飛ぶ兵器／穴守稲荷

第三章　羅針儀のメッセージ……57
ゼロ戦とグラマン／君死に給ふことなかれ

第四章　デカンショの里……77
地一号無線機／ワレ突入ス／海行かば／ザカライアス放送

第五章　沖縄転属……103
小さな群像／〝死に狂い〟の戦い／内務班／振武寮の脱走兵／特攻兵からの便り

第六章　断末魔……137
ポツダムの脅し／輸送船撃沈／再会の誓い／終焉を告げる狼煙／訣別

君死に給ふことなかれ　神風特攻龍虎隊

――川平誠海軍少尉に捧げる

第七章　蒼空の彼方へ……163
世紀末の歳月／フェニックス椰子の街で／許されざる者／さらばふるさと／もののふの覚悟／人も飛行機も消耗品／宮古島の戦い

第八章　暗雲……207
特攻隊の誕生／高性能の練習機

第九章　第三次龍虎隊……223
引き返し／謎多き特攻／菅原将軍の日記／生への執着を断ち切る

第十章　出撃……243
エンジン不調／敵艦炎上／M・K少尉の最終フライト

第十一章　わが尋ね人……265
言ふなかれ、君よ、わかれを／幾時代かがありまして／レイコ・クルックの赤とんぼ／玉音放送

エピローグ　貴様と俺とは……285
あとがき……291
赤トンボの翼――やまとなでしこの詠《うた》える――……296
解説　縄田一男……302

プロローグ
月光を浴びて

カリフォルニア
おお、わがふるさと
さあ帰るぞ、母なる地へ
さらばオキナワ
くたばってしまえ
カミカゼ・ボーイ！

一九四五年（昭和二十）七月二十八日夜、沖縄慶良間《けらま》諸島沖を東南に針路をとって航行中のアメリカ合衆国海軍のフレッチャー級駆逐艦キャラハンの乗組員は、故国にむかうよろこびを、即興のフレーズに乗せ陽気に歌っていた。

同艦は定期検査の期限を過ぎている。沖縄戦も終結したのをみて、ニューヨークの海軍工廠《こうしょう》に回航されることになり、他艦と任務を交代して米本土にむかっているのだった。

七月二十九日午前零時三十分、指揮艦プリチェットから船舶間通話装置ＴＢＳで「南東約二キロ離れたところに、敵味方不明機を発見」との急報をキャラハンの当直将校は受け、就寝中のバーソルフ艦長に報告した。

同時刻キャラハンのレーダーも不明機の影をとらえている。ただちに全員戦闘配置となる。付近にいた僚艦キャッシン・ヤングも同時に怪しいこの飛行機を発見した。はじめキャラハンはそれを一機とみたが、キャッシン・ヤングは二機の正体不明機がゆっくり接近してくるのを認めている。

月光を浴びて時速一五〇キロばかり、あえぐような身振りで緩やかに低空を飛んでくるその飛行機は、彼らがそれまでに見た特攻機のゼロ戦でも九九艦爆でもない旧式の小型複葉機だった。まさかとは思ったが、それは練習機を攻撃用に仕立てたものにちがいなかった。

この風変わりな特攻機は、キャラハンからの猛烈な対空砲火にもかかわらず、平然と近づいてくるのである。

やがて先行の一機が艦尾の上を通り過ぎ、右舷第三上部給弾室付近に、ぐしゃっと潰れる音を発して激突した。飛行機が抱えてきた二五〇キロ爆弾は投げ出され、甲板を突き抜けて、機関室に達すると同時に爆発し、そこにいた全員を殺した。

「私は艦橋の前のほうにいたが、爆風のために、体は羽毛のように操舵《そうだ》室の反対側に吹きとばされた」と、バーソルフ艦長は、あとでそのように語っている。

甲板のあたり一面にばらまかれた燃料が発火して火災が発生した。五分後には第三上部給弾室が爆発、付近で応急作業していた乗組員の多くを殺傷したり、艦外に吹きとばしたりした。

船体が裂け、浸水がはじまると艦長は「救助班を除き、総員退艦用意」の命令を出した。

乗組員は救命筏《いかだ》や浮きを残らず利用して海に飛び込んだ。また負傷者・軍医・俸給支払原簿・現金出納簿などを乗せた救助艇を海中におろした。

間もなくキャラハンは、火を噴きながら轟音《ごうおん》を発して沈みはじめた。乗組員が退艦してからも、激しく燃えさかる艦上に踏みとどまっていたバーソルフ艦長は、駆け付けた上陸用舟艇に移乗して一五分後に離艦した。

開戦以来、太平洋の各所で日本軍を痛めつけてきた駆逐艦キャラハンは午前三時三十四分、海水を吸ってあえぎながら艦尾から沈没していった。

この戦闘で同艦は士官一名と下士官兵四六名が行方不明となり、士官二名と水兵七一名が負傷、そしてこれが神風特攻隊に撃沈された最後の艦艇となった——。

北緯二五度四二分、東経一二六度五五分の子午線の下でのたうつキャラハンの最期を見届けたもう一機の正体不明機は、僚艦プリチェットめがけ緩降下してきた。多くの対空砲火が複葉機に命中したはずだが、このときも弾は布張《ぬのば》りの翼や胴体を貫通して、損害を与えることができなかった。しかしこの二番機は、斜めに衝突したので、プリチェットは沈没を免れた。

謎の複葉機による攻撃はそれからもつづいた。

翌三十日午前二時ごろ一機が再びプリチェットに近づいてきたが、右舷艦首から三〇メートル離れたところで撃墜、さらによろよろとあらわれた複葉機二機もかろうじて撃墜した。

沖縄戦の日本軍の抵抗は、これで終わるだろうと安心していたところ、三十一日の夜明け前になってキャッシン・ヤングの見張りからまたしても「国籍不明の爆装複葉機が接近」との緊急報が当直士官に伝えられる。やはり二五〇キロ爆弾を抱えた複葉機一機が、超低空で飛来するのが目視できた。

この海域には友軍機が待機していることを知っていたので、このような旧式のオンボロ複葉機など、簡単に空中戦で撃ち落としてくれるだろうと、キャッシン・ヤングは味方撃ちを恐れて発砲をひかえていた。

友軍機があらわれないとわかって、同艦が射撃態勢に入ったのは、特攻機が体当りのために緩降下をはじめてからだった。これは右舷の後部救助ダビット近くに激突、大爆発した。キャッシン・ヤングは沈没を免れたが、一九名が戦死、四六名が行方不明となる。

このほか高速運送艦ホラスAバスも襲われているが、回避して被害は免れた（別の資料によるとホラスAバスは被害を受けている）。

目標を失った最後の一機は沖縄本島方面に針路をとり米軍基地をめざしたが、飛び立ったグラマンに撃墜された。これらの戦闘が、沖縄戦における最後の特攻攻撃であった。

沖縄戦の終結で安堵《あんど》した隙をつかれて突然あらわれた小型複葉機のために、駆逐艦一隻を撃沈され、二隻の駆逐艦が損傷、戦死者や行方不明併せて死傷者約二〇〇名の被害を与えられたのだった。

沖縄の海を両軍兵士の血で染めたこの戦争の最終局面は、ポツダム宣言受諾、降伏の混乱下におかれた日本本土にはすぐに伝わらなかった。日本の戦史に加えられたのはよほどあとのことである。

第一章　エメラルドの海

赤トンボの碑

平成二十六年（二〇一四）五月の沖縄はすっかり夏である。

いつか見た蔵王の樹氷に似た積乱雲の群れが、眼下に純白の行列をつくっている。深田隆平の棲《す》む本土最西端北緯三四度で見る積乱雲は、単一の巨大な入道雲となって盛り上がり、下界の人間を威嚇するのだが、北回帰線にほど近い亜熱帯の宮古列島に湧く積乱雲は、それこそ樹氷のかたちで、雲海の上にちらばっていた。

尾を曳《ひ》いて海面に急降下する水鳥に似た地形の宮古島が、エメラルド色の礁湖に浮かんでいる。

ボーイング767がぐらりと翼をかたむけて着陸姿勢をとると、長い岬の海岸線がにわかに近づく。地衣類のように全島を覆う砂糖黍《さとうきび》畑を裂き分ける滑走路に、機体は乱暴な車輪の衝撃音を響かせて滑り込んだ。

宮古空港に降り立ったときの深田隆平は、この島に関する知識をほとんど持ち合わせていなかった。急に空いたスケジュールに割り込み、大慌てで出発したのだが、むこうに行けば何とかなるだろうと高をくくったのが間違いだった。

途中立ち寄った鹿児島の知覧《ちらん》特攻平和会館ほどのものはないにしても、何かそれらしい施設は宮古島にもあるだろうと思っていた。彼がさがしているのは同じ神風特攻隊でもゼロ戦など勇名を馳せた航空機ではなく、九三式中間練習機、愛称「赤トンボ」の戦跡である。

終戦直前となって赤トンボの機体を使った特攻としては、おそらく最初で最後の出撃とされる神風特攻第三次龍虎隊（「次」を省いて第三龍虎隊とも呼ばれている）の前線基地として記録されている宮古島に行けば、あれこれと詳しい話が聞けるはずだった。しかし空港から直行したホテルでの応対には、思わず失望の声を上げてしまった。

「特攻隊の慰霊碑は、このホテルから遠いですか」

「イレイヒ？」

フロントの青年はペンを走らせている顔を上げて、怪訝《けげん》そうな視線を隆平にむけ、慌てて観光マップを取り出した。

「おっと、その地図はダメだ」

隆平は思わず気短な老人の声を上げてそれを押し返す。二年前、バイクを運転中乗用車と衝突、死は免れたが、腰部を強打して後遺症となり、歩行をステッキにすがる老兵の隆平は大正十四年（一九二五）の生まれである。

この島で用意されている観光マップに、特攻隊慰霊碑の位置が書き込まれていないことを知ったのは、書店で買ってきたガイド・ブックを機中でひらいたときからだった。乗り換えの那覇空港で買った旅行案内にも特攻隊の記事は見当たらなかった。

ハワイを思わせる鮮烈な海浜の風景、ホテルの紹介、食べ物、レストラン、おみやげ類が写真つきで、全ページの半ばを埋めていた。

前世紀の悪夢を呼び覚ます遺物は、観光の概念になじまないということか。ここはひたすら南海のリゾート地を印象づける強い意思がはたらいているようだった。そこが米軍基地で占められる沖縄本島と、自衛隊の通信基地をおいただけの宮古島のにおいの違いである。

他県からやってくる「観光客」が、遊びのついでに特攻隊慰霊碑を「見に行く」ことはない。戦争を知らない世代にとっては、なおさら関心の外にあるまぼろしの世界なのだが、今様に「赤トンボの碑」とでも名付けて、観光マップに書き込んでもよいのではないかと、そんなことを脳内につぶやき、ホテルのロビーをかこむ総ガラス戸のむこうに広がる砂浜や色とりどりのビーチ・パラソルや、水着姿の男や女の半裸体のまぶしい群像を眺めながら、さてと思案にくれた。

「タクシーの運転手さんなら、知ってるかもしれませんよ」

と、フロントの男が提案してくれた。

バルコニーにブーゲンビレアが咲き乱れる部屋に荷物をおくと、すぐにホテルの前に駐車していたタクシーで、さっそく慰霊碑探しに出かけることにする。たしかにあるとは聞いてきたのだが、一刻もはやくそれを見つけなければと少し焦っている。

「特攻隊の慰霊碑？　地図はないかね」

白髪頭の老運転手である。

「地図に載ってない。総合運動場の近くらしいことだけは聞いてきたんだが」

「そういえば一度、それらしい場所にお客さんを案内したことがあったな。とにかく行ってみよう。何とかなる」

商売柄か、沖縄なまりはないが、ぞんざいな言葉づかいの不愛想な感じのするおじんだ。人間は悪くないらしい彼が、話しかけてくる。

「あんた、沖縄ははじめてかね」

「宮古島ははじめてです」

「島の家を見て気がつくことはないかね」

運転手からいきなり質問されて、窓外を流れる景色を見つめなおした。

「瓦屋根の家が少ないねえ」

「少ないのじゃなくて、ないんだよ」

「これは鉄筋コンクリートだな。みんなそうだ」

「当たりィ」

三階四階というのはめずらしく、ほとんどは二階建て鉄筋コンクリートの民家が沿道に並んでいるのだった。

「台風対策だよ」

「なるほど」

「ここは台風銀座だからな」

「なるほど。長年の知恵だな」

「知恵じゃない。やっとこんな家を建てられるようになったんだよ。木造の家は吹き飛ばされる。建て直しても、また吹き飛ばされる。ずっとそれを繰り返してきたんだが、今はどんな風が吹こうが安心だ」

「なるほど」

しばらく沈黙がつづく。さまざまに構えを工夫した鉄筋の家が左右の道路沿いに立ち並んでいる。どうかすると敵の襲来に備えるトーチカに見える。

トーチカという言葉、若い人は知っているか。日中戦争を子供時代にすごした世代が身につけたロシア語である。広辞苑には「【tochka（ロシア）】（点の意）コンクリートで堅固に構築して、内に重火器などを備えた防御陣地。特火点。火点」とある。

大陸で中国軍が備えたトーチカを日本軍が攻略していくニュース映画の白黒画面も、隆平らの記憶に残る悪夢のヒトコマだ。

そして昭和十年代の終わりに展開された修羅の記憶につながっていくのだが、それはフィルムの早送りのように、たちまちかき消されて平和な島の日常に引き戻されるのだった。

「まあ、いつも台風が吹き荒れているわけじゃない、ここは楽園の島だよ。あんたも慰霊碑の用事が終わったら、見物すればいいよ」

老運転手は上機嫌にしゃべりながら島の観光パンフレットを後ろ手に渡してくれた。

北緯二四度〜二五度、北回帰線直下に近い亜熱帯地域に八つの有人島を配した宮古列島は、沖縄本島から西南三〇〇キロにある緑したたる島嶼《とうしょ》群だ。

かつて深田隆平が少しの間滞在したことのある北大西洋のカナリア諸島は、西サハラの沖合西に一〇〇キロ、やはり北回帰線近くの洋上に七つの豆粒を撒《ま》いたような常夏の火山島である。

宮古島は砂糖黍だが、カナリア諸島はバナナ畑とブーゲンビレアで彩られる楽園で、ヨーロッパ人の避寒地として知られている。隆平にとっては取材旅行だが、さまざまな思い出を残す島だった。半世紀も前の記憶が鮮やかなのは、若かりしころの脳髄に染みついているからだろう。

何か郷愁めいたもののただよう宮古島の生暖かい空気につつまれ、運転手がくれた観光パンフレットにチラリと目を移す。今はそんなものに気をとられているときではないという後ろめたさはあるが、そのキャッチコピーには、惹《ひ》きつけられる。

宮古島は美しい海岸線と、白い砂浜、サンゴ礁の海中景観など、豊かな自然に恵まれ、沖縄の海で一番美しいと言われています。

三月ごろから十月ごろまで海水浴ができます。ダイビングではイルカや、冬にはマンタが見られ、年じゅうマリンスポーツを楽しむことができます。宮古島の北海域にある国内最大のサンゴ礁群「八重干瀬《やびじ》」は、ダイビング、シュノーケリングポイントとして有名で、毎年多くのダイバーたちが訪れます。

「運転手さん」と隆平は声をかける。

「島には国指定、県指定などの史跡があるとここに書いてあるが、特攻隊の慰霊碑はまだ史跡じゃないよねえ」

「まだ新しいからね」

彼はそこで急に黙り込んでしまった。

しばらく走ってから「あれ、道を間違えたかな」と言い、砂糖黍畑に挟まれた道の脇に車を止めてしまった。

「お客さん、きょうはダメだ。料金はもらわなくてよいから引き返しますよ」

「一度行ったことがあると言ったじゃない。しっかりしてくれよ。おれ遊びにきたんじゃないんだから」

「あんた新聞記者かね」

「記者じゃないが、物書きです」

「慰霊碑のことを書くのかね」

サングラスをかけた一見若風な隆平のことを、年下と思っているらしいので、とりあえずそのように対応しておく。

「特攻隊のことを書こうと思っています」

「賛成できないねえ」と、運転手は浅黒い顔に意味不明の笑みをうかべた。

「賛成か不賛成か、あなたからそんな意見を聞くつもりはありません」

「そりゃそうじゃなあ、わしが口を挟むことじゃない」

「つべこべ言わず、とにかくそこへつれて行ってよ。そこであなたの言いぶんとかを、伺おうじゃありませんか」

「いや、聞かなかったことにしてもらいたい」

「そう」

それ以上言い争い、彼の気分をこじらせてはと怒りをおさめることにした。飛行機を乗り継いでここまでやってきたのだ、神風特別攻撃隊第三次龍虎隊の慰霊碑を訪ねる目的を、まずは果たさなければならない。

簡単に探し出せるはずだったのが、現地の地図にも載っていないとわかり、ひょっとしたら無駄足を踏む結果になるのではないかという不安が頭をもたげはじめている。

果てもなく広がる砂糖黍畑を突き抜ける一本道を走り、やがて緩やかな坂道を上って、まばらな樹林の中で車は止まった。標高一〇〇メートルばかりの丘の頂上を切り拓《ひら》いた小さな広場である。

「ここだよ」

運転手がぼそりと言う。

思い今絶つ

広場の中央あたりに「通魂之碑」と彫った石塔を台座に載せ、大きな鎖で周りをかこう形式ばった墓碑がある。「通魂」というのはだれかの造語だろうが、五韻相通ということなら「痛恨」となる。痛恨にはちがいないが、これは赤トンボの碑としてはなぜか違和感がある。

ほかにもいくつかの慰霊碑があって、第二次世界大戦中、宮古島で戦死した日本軍将兵の慰霊碑を集めたメモリアル墓園といった趣きだが、何としたことだ、「第三次龍虎隊」を刻んだ赤トンボの慰霊碑が見えない。

——別の墓所につれてこられた！

へたり込むばかりに落胆して、隆平があたりを見回していると、

「あんたの探していなさるのは、あれじゃないか」

この意地悪な老運転手は、最初にそれを教えてくれない。赤トンボ慰霊碑を見失って、隆平が途方にくれるのを待っていたように、ほかの墓群から離れて、引っ込んだ場所を指さした。

その喬木《きょうぼく》の名もあとで教えてくれたのだが、モモタマナの延びた枝先に茂る大きな厚手の葉陰に見え隠れする幅一メートル、高さ二メートルほどに剪《き》った黒御影《くろみかげ》が、台石の上にやや反り返る姿でたたずんでいた。別格というのか、あるいは異端視されてでもいるかのように、なんだか仲間はずれにされたかたちで孤立しているのが印象的

だった。

碑文に目をうつす。

「背を丸め深く倒せし操縦桿千万無量の思い今絶つ

神風特別攻撃隊第三次龍虎隊」

木々にかこまれたドームの透明な天蓋となった青空を、軽やかに遊弋《ゆうよく》する赤トンボ

九三式中間練習機の姿を確かに見たと、そのとき隆平は思ったのだった。

そして碑前の花瓶やガラス瓶に、白く枯れた茎が折れ曲がって突き立っているのに

気づき、心急ぐままに花を用意してこなかった迂闊《うかつ》を悔いながら付近の草花を摘んで

活《い》けていると、運転手がどこからか薄紅の花をひらいたブーゲンビレアの枝を、後ろ

からばさっと追加してくれた。にわかに碑前は豪華な花壇となった。

三方向から丁寧に碑の写真を撮る。台座には敵艦に突入して散華した七人の操縦士

の名が並んでいる。

上飛曹　三村　弘

一飛曹　庵　民男

同　近藤清忠
同　原　優
同　佐原正二郎
同　松田昇三
同　川平　誠

——川平誠。その名が達筆に刻まれているのだった。

「ああ、M・Kさん、あんたはここにいたのですか。僕が行方を案じていた幻の赤トンボに乗って、この島から飛び立ったのですか」

語りかけながら隆平は、しばしの間うなだれて「川平誠」の刻字をみつめた。

「あれも写したら」と運転手から軽く肩をたたかれ、隆平はわれに返ったようにうなずいて赤トンボの碑を離れ、指示に沿って近づいたのは広場の正面にある豊《ゆたか》兵団の慰霊碑の側碑だった。大要次のことが刻まれていた。

「宮古島防衛に任じたのは第二八師団を中核とする総兵力三万有余、昭和二十年三月、米軍の沖縄本島上陸以降は孤立無援となり、飢餓と瘴癘《ショウレイ》、間断なき敵機の銃撃、艦砲射撃により戦死する者、納見敏郎中将以下二九一四名……」

側碑の文章を目で追っている隆平を、運転手が物言いたげな顔で見つめていたが、ひと呼吸してつぶやくように口をひらいた。

「死んだのは特攻隊だけじゃない」

と、横をむいて彼がつぶやく。

「ああ、そうか、そのことが言いたかったのだね。つまり特攻隊の若者だけをチヤホヤするなと……」

それには答えず、また彼はつぶやく。

「この島にいた兵隊は、ろくな武器も持たされず、猛烈な艦砲射撃と、グラマンの銃撃で、なぶり殺しにされたようなもんだ。マラリアで死んだ者も多い」

このあたりから彼の口調はつぶやきではなくなる。

「この島で殺された兵隊の中にも、特攻隊の皆さんと同じ若者がおったことを忘れんでもらいたいんじゃ。この人たちは無名戦士です。称賛もされない。涙も流してもらえない。今は無縁仏じゃ」

「はい、それは、まったく同感です」

隆平は突然、声を詰まらせて、深々と頭を下げた。運転手の態度を早合点して、腹を立てたりしたことも詫《わ》びるつもりだった。

「失礼ですが、お名前を教えてください」

名刺を差し出すと、車内から個人タクシー経営の「玉城貞三郎」とある厚手の名刺を取り出し渡してくれた。それで隆平たちはタクシー運転手と乗客という単なる人間関係ではなくなった。

「わしは昭和十九年の生まれで、父親は生まれたばかりのわしを残して出征し、グラマンに撃たれてこの島で死にました。母親は野戦病院の看護婦をしていて艦砲射撃の破片をくらってこれも戦死です」

「………!」

「わしは伯父の支援で高校を出るとすぐに内地に渡って転々と職場を変えた末、東京に出て結婚してから仙台に移って、ずっとむこうで暮らし、三年前郷里に骨を埋めるつもりで帰ってきてこの仕事をしている。妻子は東日本大震災の津波で死にました」

「よくよくの不運ですね」

「わしは悲惨な目に遭った沖縄からなるべく遠くへ離れたいと願った。戦争で死ぬことのない世の中になったと喜んでいたら、人間どこにいても不条理な不幸がついてくる」

「どうして沖縄に帰ってきたんです」

「やはり故郷は捨てられない、考えてみればいつ帰郷するかと、そればかりを最初から思いつめていたような気がするね、ばかだね」

玉城氏の目がうるんできた。

「あの塔に祀《まつ》られているのはどういう人たちですか」

玉城氏の語調が湿っぽくなったので、少し話題を変えるつもりで、この墓域の奥まったところにある斜めに舟の舳《へ》先《さき》を思わせる石のオブジェ（琉球の繰り舟を象《かたど》る）を突き上げる記念碑「豊旗の塔」を指さした。

「あまり詳しいことは知らんが、豊兵団というのは、宮古島防衛のために満州から移ってきなさった部隊です。ほれ二・二六事件で満州に追いやられた連隊もふくまれていたらしい。あの人たちは最後にここでアメリカと戦ったちゅうことかね」

昭和十一年（一九三六）二月の二・二六事件は、隆平が小学四年生のときのことだ。軍事クーデター未遂事件の報道差し止めだったのか、活字を裏返して（下駄をはかせて）黒々と汚した見出しの新聞を見たかすかな記憶がある。

反乱軍の首脳は処刑されたが、関与した兵士たちは極寒の北満に追われ、ノモンハン事件など転戦して、最後に軍旗を焼いたのは南海の宮古島だった。

旧第一師団のほとんどは東京・千葉・埼玉出身者のはずだから、戦死者は遠く故郷を離れた宮古島の礁湖に浮かぶ琉球繰り舟の揺り籠に抱かれて眠っているのだ。

終戦記念の日、ここまで墓参にくる人はわずかである。血縁が絶えてしまった者も少なくないが、アメリカと戦争をしたことさえ知らない若者がいても不思議ではないほどに、風化がはじまっている。

隆平は赤トンボの慰霊碑を訪ねてやってきた宮古島で、この墓域に第二次大戦で散ったおびただしい兵士たちの魂が寄り合っていることにいまさら気づいた。

酸鼻をきわめた沖縄戦の一環として展開された宮古島での日米両軍の戦いからも目をそむけられないことを、ゆくりなくも教えられたが、まずは赤トンボ特攻隊を追わなければならない。

血の海となった沖縄の飛行場に送られる航空通信連隊の兵士だった深田隆平は二十歳。進発直前の敗戦で軍装を解いた。かろうじて生き残った航空通信兵の一人である。

戦争の終末まで一カ月足らずの日に命じられ、赤トンボと呼ばれた布張りの飛行機に爆弾を積んで敵艦に突っ込み、過酷な青春に終止符を打った若者たちの悲壮な戦いは、敗戦のどさくさにまぎれて、かつては大げさに特攻隊賛美を謳《うた》いあげた新聞も、戦争末期の小競り合いとして無視したかのように一段記事のスペースさえ割かなかった。

同世代の自分がその最期を看取ってやらずに、だれがそれをするというのだと、隆平は眦《まなじり》を決して宮古島の土を踏んだのだ。

「玉城さん、こんどは僕の話を少し聞いてもらえませんか」

「あんた、この中に知った人がいるようだね」

「二九〇〇人の兵士がここで死んでいるじゃないかと言われても、この人とこの人を乗せた飛行機のことを書く。書かずに死ぬわけにいかんのです」

隆平は台座の一点を指さしながら言った。

「この人といささか関わりがあるのです。あなたには叱られそうですが、この特攻隊員と僕との奇《く》しき繫《つな》がりを書いておくことは、彼らと同じ不幸な時代を生きた物書きとして、残り少ない人生で最後に果たすべき義務だと思って、やってきたのですよ」

「あんたホテルに帰りなさるのでしょう」と、玉城氏が隆平の言葉を遮って言った。「島を少し案内しながら送ります。これからの料金はサービスだ。その道々話を聞かせなさいや」

玉城氏は独り決めして隆平を車に押し込み、急発進した。人間の背丈をはるかに超えるまでに育った砂糖黍畑をかき分けるような一本道を突っ切り、海岸に沿った県道を伝って宮古島の東端、保良《ぼら》の海岸を走り、白い灯台がそびえる東平安名崎《ひがしへんなざき》に車を停めたのは、自分と赤トンボとの関わりの概略を隆平がほぼ語り終えたころだった。

車を降りて海を眺めた。午後の陽光を浴びた砂の色と濃い群青の海が、きわどいコントラストをなして天に接する水平線の端に垂直の灯台を置く構図が、極彩色の版画を思わせた。

――藍より蒼《あお》き大空に、大空に、と歌い出す落下傘部隊の軍歌を隆平たちはよく歌ったものだった。〝われらのテナー〟藤原義江に歌わせたいような軍歌にしては美しすぎる歌曲調の歌だった。傘寿を過ぎるこの齢になり野良声で歌う軍歌は捨てたが、蒼穹《そうきゆう》をただよう落下傘を白薔薇《ばら》に見立てた「藍より蒼き」だけは、ごくまれに口ずさむことがある。

そのとき隆平が見ている宮古島の積乱雲をつつむ空が、まさに藍より蒼き空だった。その透明な空の果てに吸い込まれていく赤トンボの幻影を彼は描き、虚《うつ》ろにエンジンの音を聴いていた。

日立空冷式星型九気筒発動機「天風《あまかぜ》」三四〇馬力が赤トンボに取り付けられた。発進した特攻赤トンボがエンジン不調で舞い戻ることが多かったと聞いて、隆平は少なくとも自分が分解、調整した機ではないはずだと首をかしげた。その詮議は今はやめておこう。

「赤トンボは性能にすぐれた飛行機だったそうだね」

隆平と並んで立ち、海を眺めていた玉城氏が話しかけてきた。

「宙返り、背面、錐《きり》もみなど高等飛行術には何にでも応ずることができる名機でした。数社で手分けし、昭和のはじめから終戦までに約五〇〇〇機を製作しました。僕はその赤トンボを造る会社に勤めていたんです」

「……では、ぼつぼつ帰るとするか」

玉城氏は隆平をうながして、足早に車に近づき運転席に入った。西の空がやがて茜《あかね》色に染まるころだ。

夕焼け小焼けの　赤とんぼ
負われて見たのは　いつの日か
山の畑の　桑の実を
小籠に摘んだは　まぼろしか　――

小声で歌いながら、深田隆平は遠い日の回想にふけった。

第二章　戦時下のヒコーキ作り

羽田

昭和十八年（一九四三）の春――。

深田隆平は十八歳、紅顔の美少年とはいえないが、小柄な元気いっぱいの若者だった。六歳の秋に満州事変、十二歳の夏には盧溝橋にはじまる中国との戦争がはじまる。

そのとき小学五年生、七夕の日だからよく覚えている。教室で先生が黒板に大きく「銃後」と書き、「戦場で兵隊さんは鉄砲を撃って敵を殺す。私たちはその後ろにいるから銃後です」と、その意味を教えてくれた。隆平の人生で「銃後」という禍々《まがまが》しい言葉を知った最初のときである。

それから「大東亜戦争」が勃発したのは十六歳の冬だった。開戦の日の昭和十六年十二月八日に宣戦の詔勅がくだったので、毎年この日が「大詔奉戴日《たいしょうほうたいび》」となり、「天《てん》祐《ゆう》ヲ保有シ万世一系ノ皇祚《こうそ》ヲ践《ふ》メル大日本帝国天皇ハ昭《あきらか》ニ忠誠勇武ナル汝有衆《なんじゆうしゅう》ニ示ス。朕茲《ちんここ》ニ米国及英国ニ対シテ戦《たたかい》ヲ宣ス……」という文言を記憶させられた。

政府があおり立て、米英撃滅のシュプレヒコールが、国内のあちこちでまだ響きわたっている時期、二度目の大詔奉戴日から三カ月後に、隆平は工業学校機械科を卒業した。

ガダルカナル島の日本軍撤退がはじまっていたが、大本営が発表した「転進」を信じていたので、さほど衝撃は受けなかった。国民の大多数がそうだった。

小学生のころにはゴム動力の模型飛行機に熱中し、日本が世界に誇るゼロ戦を製作するエンジニアを志して工業学校に入り、卒業すると当然のように就職は航空機会社を選んだ。

火薬の臭いとともに育った彼は、疑いもなく軍国少年だったが、陸軍士官学校や海軍兵学校に進学して職業軍人になるエリート・コースをめざすことはなかったし、また少年飛行兵に応募したり、予科練（海軍飛行予科練習生）を志願したりして飛行機乗りになろうとも思わなかったのは、非力な体格を自覚していたからでもあった。

出張してきた航空機会社の人事係社員の口頭試問を受けたのは二〇人ばかりだが、羽田工場からの合格通知を受けたのは深田隆平だけだった。あこがれのヒコーキ製作会社への入社がきまり、隆平は胸を躍らせながら郷里山口県から上京した。

日立航空機株式会社羽田工場の独身寮は、穴守稲荷の近くにあった。赤い瓦のちょっとしゃれた二階建てで、玄関を入ると右側の舎監室に、口ひげの退役軍人がいつも肩を怒らせていた。

そこから空港の長い有刺鉄線の柵に沿う小道をたどり、工場の正門の前に出ると、すぐそばが江戸見町のバス停だった。天気の良い日、ホームシックにうるんだ目をあげると、まだ冠雪を残す富士山が、たなびく層雲の上に遠く浮いて見えた。

飛行機の翼を象《かたど》った社章を胸に縫い付けた白いツナギの作業服、戦闘帽に似た帽子に白線一本を入れた新米の見習生として、隆平の新生活ははじまった。午前八時朝礼の列が整うまで、ラウド・スピーカーががなりたてる。

島崎藤村の『朝』の詩情ゆたかな歌詞を台無しにする割れ鐘のような騒音が消えたあとは、大事な兵器を製造していることの自覚をうながすなどその他あれこれ——。決まり文句の訓示が長々とつづく。

日立航空機は、わが国初の航空機エンジン「神風」を開発した東京瓦斯《ガス》電気工業が、昭和十四年（一九三九）に経営権を日立製作所にゆずり、その航空機部門を分離独立させてできた会社である。羽田・立川・大森・千葉・川崎の五工場を持ち、最盛期の従業員三万四〇〇〇人。海軍の管理工場で、航空機四機種、エンジン一四機種を生産した。

隆平が勤めた羽田工場では、零式艦上戦闘機のエンジン、三式初歩練習機、九三式中間練習機を作ったが、主力生産は九三式中間練習機、つまり赤トンボであった。操縦士増員に伴う練習機の必要から、生産に拍車がかかったのだ。

三菱、中島、川崎、川西、日立の航空機メーカーで約五〇〇〇機の赤トンボを作ったが、日立羽田は昭和十五年から昭和十九年のあいだに一四〇〇機の赤トンボを製作した。隆平はその中のおよそ一〇〇機に関わった。

——深田見習生はいるか。

朝礼の堅苦しさから解放されて、ほっとしているところに甲高い不機嫌な声がした。労務課の津山係長だった。問い質《ただ》すことがあるので事務所にこいという。

朝礼が終わると、みんな駆け足で、それぞれの職場に戻っていく。

津山係長が、事務室入口のすぐそばの席で待ち構えていた。作業服にネクタイ、チョビひげを生やした初老の男である。

「君は会社の決めたことに従えないというのだね。入社早々職種変更を願い出るなどあきれたよ」

「企画手ちゅうのは、事務職でしょう」

「作業工程表の作成、作業の配分、負荷分散、残業時間の増減……。とにかく生産管理の大事な仕事だ。企画手に選ばれたのは抜擢《ばってき》だよ」

「そんなことが、僕にできるはずがありません」

「学業成績が優秀なのを認められての配置決定だ。はじめは使い走り程度の仕事だが、しだいに職能をつけてゆく。期待されておるのだよ」

「ぼくは飛行機を作る仕事をしたいので、この会社に入ったのです。事務員なら辞めます」

「事務員じゃあない」

「ぼくは現場で働きたいのです。ゼロ戦を作る工場にまわしてください」

「町工場じゃないんだぞ。そう簡単に職場の変更ができるわけないだろう。それにうちで作っているのはゼロ戦でも、エンジンだけだ」

「じゃあほかに何を作っちょるんです」

「赤トンボだよ」

「赤トンボですか」

「練習機だよ」

なんだ練習機かと、一六〇センチそこその背丈には少し不似合な擂鉢《すりばち》の大きな頭をかしげて、隆平はいささか失望した。日本海軍主力戦闘機の零式艦上戦闘機・通称ゼロ戦をこの手で作るという夢はにわかに萎《しぼ》んでいく。

「まあ、君の希望はいちおう聞いてやれと、上の者がいう。こんどは特別のはからいだ。結果はあす伝える」

事務職なんかだったら、すぐにでも荷物をまとめて帰郷するつもりだった。

翌日、朝礼のあとまた津山から呼び出された。

この段階で企画手という職名は変更できないが、希望は聞きおくという。思いきった行動もできないままに、隆平は月曜日からはじまった研修を受けることになる。期間は一週間である。

約一〇〇人の見習生が、だだっ広い研修場に集められた。ひとつの作業台に四人の定位置があり、それぞれに万力《まんりき》（バイス）が備えてある。ハンマーと太いボルト状の鉄片がおいてあり、それを万力に挟み、号令でハンマーを握る。

ピーという笛を合図に、ハンマーを振りあげる。次の笛で万力に挟んだ鉄片をたたくのだ。ピーッ・ピ、ピーッ・ピ、ピーッ・ピ、みんなが一斉にふりあげ、力いっぱいに鉄片をたたく音はあたかも轟音となって蒲鉾《かまぼこ》型の天井にこだました。

その単調な動作は一〇分間つづき、五分間休憩して、また一〇分間という周期を繰り返す。それで一日が終わり、次の日も朝から夕方まで、隆平たちは鋭いホイッスルの音にあやつられるロボットの群れだった。

隆平はいつか観たチャップリンの無声映画『モダンタイムス』を思い出していた。単純軽労働の繰り返しで、スパナを持ったチャップリンが夢遊病者のように奇妙な行動をして人を笑わせるのだが、今の自分の姿はちっとも可笑《おか》しくないばかりか、ある種の恐怖に襲われさえした。暗示をかけられて号令一下、火をも踏む集団に育てあげられてゆくかのような畏怖である。

飛行機会社の一角で強行される秘儀めいた集団のいとなみが二日つづいたのち、こんどは一〇センチ角・厚さ一センチの錆《さ》びた鉄板とヤスリを渡された。

鉄板を水平に万力に挟み、やはり笛の音でゴシッ、ゴシッと鉄板の表面にヤスリをかける作業がはじまる。

　一日やっていると、鉄の地肌が美しくあらわれ、鏡面のような輝きを帯びた。それを裏返して、またホイッスルに号令されてヤスリをあて、鉄板を磨きあげる。こんどは鉄板の側面にヤスリをあてて錆《さび》を落としてゆく。

　次は「きさげ」の工具を渡され、ヤスリ仕上げした表面をさらに精密に仕上げる「平きさげ」のスクレイパーで一週間が過ぎた。

　錆びた鉄片が厳格に仕上げた精密機械の部品のように、あるいは懐中時計の裏蓋のような艶の文様をつくる金属の輝きを帯びた。それをてのひらに載せた重みに、隆平がふとした感動を味わったのは、これもはじめての経験だった。

「飛行機はこのようにして作る」

　それまで余分のことはひとことも口にしなかった指導係の男が満足げに言い、隆平もひとつの達成感を味わった。こうして彼は飛行機製造会社の工員としての第一歩を踏み出したのだった。

　隆平は企画手という肩書のまま現場で働くことになった。しかしここでも予想が狂った。製作というより修理工場での毎日が過ぎる。

工場の広場に小型飛行機の残骸が山のように積み上げてあるのは、最初工場に足を踏み入れたときに見た風景であった。

それが赤トンボと愛称される九三式中間練習機であること、残骸などでなく修理を待っている故障機であることを知った。物資不足の折柄、むざむざ廃棄するわけにはいかない。修理してかつがつ飛べるものは最後まで使いきるという当然の方針だ。

「人手が足りなくて、故障機が山積みになってる。君らを待っていたのだ。早く技術を習得してください」

為近という温厚な人柄の職長は、配属された隆平ら一五人のチームにとって、はじめての師匠ともいうべき人物である。五十歳前のベテラン工員だった。

まずは分解だ。はこばれてきた赤トンボをクレーンで吊り上げ、患者を診療台に寝かせるように鉄パイプの台に載せて分解にかかる。

「内臓から骨格まで、人体のすべてを知り尽くしている医者のように、皆さんも赤トンボをばらばらに解剖して、ボルトの一本まで、これはどの位置のものと一目でわかるようになれば一人前だ」

と、為近は言う。部品は大きく三〇に分かれる。さらに分解すればその何十倍にもなるだろう。為近が言うように、ボルトの一本までが赤トンボの内臓だ。発動機、プロペラ、操縦桿《そうじゅうかん》、調圧器、ベンチュリー管、室内灯、配電盤、方向舵操作索……この飛行機の構造をくまなく覚え込まされる。

次は故障の修理である。衝撃によって破損したものの修理はわけもないことだが、「発動機の不調」というのがいちばん厄介だ。

「エンジンが始動しないという原因は、①気化器に燃料が回らない。②混合気過多。③起動発電機の点火不良。④ピストンリングの膠着《こうちゃく》または磨滅による圧縮不良……」

為近の説明は一時間以上におよぶ。

赤トンボに取り付けるエンジンは、日立航空機製の「天風《あまかぜ》」だ。これを分解して部品を示しながら詳細な点検の実際を隆平らは伝授される。

隆平は工業学校で、「原動機」の理論は学んでいるが、実際に自分の手で分解する実習はしていなかったので、生き物のような発動機を目の前にして思わず興奮したものだった。

飛行中にエン・ストを起こせば、そのときの高度の倍ほどの距離で滑空し不時着するわけだが、未熟な操縦士ではひどい事故になる。

隆平がこの会社で最高に習得した技術はエンジンであった。少なくとも隆平が修理し整備した機体で、エンジン不調などは絶対にあり得ないという自信をもっていた。

空飛ぶ兵器

空飛ぶ乗り物が出現し、大空を自在に飛翔するという人類の夢の達成を満喫するロマンティックな期間は瞬間にひとしかった。飛行機の発明とほとんど同時に、これを戦争の道具、つまりは殺人兵器にすることを軍人たち、いや軍人というのではなく国家が、すかさず考えた。

たまたま第一次世界大戦が勃発した状況と重なり、にわかに露出した人間の浅ましさでもあったが、ヨーロッパの紳士国も戦争となれば、相手を殺すことに躊躇《ちゅうちょ》する余裕があろうはずもなかったのだ。

戦場に参加したばかりのころ、飛行機は敵味方すれ違うとき、たがいにハンケチを振ったりもしたが、いつかピストルを携行するようになる。その凶器はすぐに銃器となる。

最初の独仏飛行機による空中戦は第一次世界大戦開戦の年の大正三年（一九一四）八月で、十月にはフランス機の機関銃でドイツ軍のパイロットが殺されている。

それはライト兄弟がグライダーにプロペラとエンジンを取り付け、飛行に成功してから一一年後のことだった。

第一次世界大戦開戦の翌一九一五年三月には、ドイツの飛行船ツェッペリン三隻が、国境を越えてパリ市街に夜襲をかけた。空陸の総力戦となり、同じころドイツ軍は毒ガスを使いはじめた。

第一次世界大戦は、科学の世紀とされる二十世紀の初頭、あらゆる近代科学を駆使する近代戦のはじまりであった。

日本海軍は大正十三年（一九二四）にイギリスから輸入した傑作練習機アブロ５０４Ｋ／Ｌ陸上・水上二機を参考に、一三式練習機を試作した。これが国産練習機第一号だが、のちの九三式中間練習機・赤トンボに最も近い原型となるのである。

次々に登場する花形軍用機の陰にかくれ、その存在を忘れられていた「名機」こそが海軍の九三式中間練習機である。略して「九三中練」、翼と胴体をオレンジ色に塗ったので赤トンボと親しく呼び慣らわされた。

戦争中、戦闘機でない練習機が無視されるのは当然だが、あらゆる実用機の操縦者も、必ず九三中練の世話になっているのだ。

「中間」とあるのは、一〇〇馬力級の初歩練習機から四〇〇〜六〇〇馬力の実用機の操縦に移る前、三〇〇馬力の中間的な練習機で技術を習得することを意味している。

急ぎ改良を加えて、出力三四〇馬力、空冷式九気筒発動機、瓦斯電「天風」一一号（日立製）を搭載、胴体はクローム・モリブデン鋼管と木材混用の骨組みに、前上部のみジュラルミン外皮、ほかは羽布《はふ》（軽飛行機の胴体・翼に張る布）張り、主、尾翼は木製骨組みに羽布張りの複葉機となった。

操縦性が飛躍的に向上したことに満足した海軍は、これを九三式中間練習機（K5Y）として制式採用、川西・日立・中島・三菱などの海軍機メーカーに発注した。

隆平が入社したころの日立航空機は、月産一五機という量産体制に入った赤トンボの製作に拍車をかけているときだが、特にゼロ戦用のエンジンにも主力をそそいでいた。

赤トンボは新規製作に並行して、次々にはこびこまれてくる故障機の修理に追われ、隆平ら新入生の多くはそのほうに回され、解体・修理に明け暮れる毎日を送りながら、技術の習得にはげんだ。

油の臭いと機械の騒音たちこめる飛行機工場の塀の外には、隆平らの知らぬうちに、暗雲ただよう濃厚な気配が充満しつつあった。

昭和十八年（一九四三）二月のガダルカナル島撤退にはじまり、五月には北方のアッツ島守備隊全滅という悲報が伝えられるのだ。

穴守稲荷

隆平が正式に企画部から製造部移籍の辞令をもらったのは、入社三カ月を経たころだった。製造部は発動機工場と航空機工場に分かれる。

はじめ新人一五人だったチームは、一〇人が発動機工場の配属となり、隆平ら五人が航空機工場に所属する赤トンボ専用の修理工場に回された。

修理工場は東側別棟のプロペラ工場に隣接するやや手狭な建物だった。隣の工場を覗《のぞ》くと、樫《かし》の合板から一・九七五メートルのピッチ（プロペラ一回転に進む距離）に削り出す微妙な工作に従事するかなり年配の熟練工たちが、無口に働いていた。

さらにその隣は、翼・胴体に羽布を張る工場で、馴れた手つきでそれをやっているのは、ほとんど女性工員たちだった。木製のリブを並べた骨組に羽布をかぶせて接着剤で塗りかため、オレンジ色の塗料をほどこして出来あがる翼は、美しい怪鳥の羽に見えた。

エンジン整備を引き受けたばかりに、隆平は遅くまで独り残業をすることが多かった。空港の有刺鉄線の柵にはところどころに街灯があるので、踏み迷うことはなかったが、宵闇につつまれた小道を伝って寮に帰る道々、緊張が解けたあとの弱気につけこむ郷愁に胸をしめつけられた。

「深田さん、お帰りなさい。毎日ごくろうさま」

寮に戻ると、賄婦《まかないふ》をしている食堂のおばさん——山根照子といった——がいつも優しい言葉をかけてくれる。最初の日、午前十時すぎの時間はずれに朝食を食べさせてくれた人である。

いつもは冷えた夕飯を食卓に並べてくれるだけだが、その日は世間ばなしをして三〇分ばかりも話しこんだ。世間ばなしといっても、ついつい悪化する戦況についての愚痴になってしまう。

「どうなるのかしらねえ。アッツ島の日本軍全滅というじゃない」

おばさんが広げている舎監室から払い下げられ、よれよれになった昭和十八年（一九四三）五月三十一日の新聞を隆平は手に取った。

「アッツ島の我守備部隊二千数百名全員玉砕《ぎょくさい》す」

「十倍の大軍を邀撃《ようげき》一兵も増援求めず」

「傷病兵は悉《ことごと》く自決莞爾《かんじ》として死に邁《ゆ》く」

悲痛な見出し活字が、紙面を埋めている。ガダルカナル撤退に次ぐ重大な悲報である。はじめての職場に慣れるため、隆平が懸命の毎日を送っているあいだに、暗雲垂れこめる状況が、北に南に広がっているのだった。

しかし同じ新聞の裏面には、「日本野球、巨人の首位確定」といった記事が出ている。海外でようやくはじまっている悲惨な戦況をよそに、内地では表面おだやかな日常が過ぎているころである。

前の週の日曜日、隆平は独りで皇居、国立博物館から明治神宮をまわってほぼ一日がかりの東京見物を済ませ、ほの暗く静まっている二重橋の風景と、勝海舟と西郷隆

盛が座ってむかい合い、江戸開城会談をしている絵の記憶を反芻《はんすう》しながら、疲れ果てて羽田に戻ってきた。そのことを話すと、

「おのぼりさんコースね」

おばさんは笑って、「あ、ごめんなさい」と笑顔を消した。悪い人じゃないなと思う。五十歳だそうだが、ずっと若風で美形の面影があった。頬のふくらみが何となく女優の山根寿子に似ていた。

隆平が感心しているのは、山根さんが発するアルトの声と言葉だった。生まれてはじめて聞く洗練された、これが東京弁というのか。

「明治神宮もいいけど、有名な穴守稲荷さんにお参りするといいわよ。戦地にゆく人もお守りを受けるというし。ほら、この寮のすぐ近くでしょう。こんどの日曜日、行ってみない？　うちの娘に案内させます。深田さんを知ってるそうよ。労務課にいますの。挺身隊《ていしんたい》で」

「……………」

「あなたが企画部は嫌だと駄々をこねているのを見て面白い人だなと思ったそうよ」

「駄々をこねる？　それは侮辱じゃなあ。まあしかし、どうちゅうことはない」

「どうちゅうことはない——それ山口弁ですか」

「長州弁です」

「高杉晋作って、こないだ映画で観たので知ってるけど、長州弁は使わなかったわよ。本当はそんな言葉をしゃべってたのね」

「おばさんも、ごっぽ、面白い人じゃなあ」

隆平らは笑いあい、すっかり親しくなった。

地方からやってきて、まだ友人もいないらしいとみた隆平を憐れんでの親切かもしれないが、かなり強引に次の日曜日を約束させられた。とにかく娘を引き合わせるというのだ。

女子挺身隊と呼ばれる高等女学校の高学年で、モンペをはいたおさげ髪の娘たちが、工場や事務所をうろついているという感じだった。そのなかの一人が隆平を見ていたということだろう。

日曜日、寮の近くの山根さんの家に行った。瓦屋根の平屋が軒をつらねたこの町は、日立航空機の社宅のようだった。

玄関脇に植えたアジサイが、大輪の花を咲かせている。娘は美沙子という。小学生のとき日中戦争がはじまり父親は北支で戦死、母ひとり子ひとりで、生きてきた。美沙子は隣市の川崎高女に多摩川を渡って通学、翌年春の卒業という。母親の根回しで日立航空機への入社がほぼ決まっていた。

山根さんは瓜実顔《うりざね》だから美沙子が丸顔なのは、父親似なのだろう。第一印象は「鉄兜《てつかぶと》の形をした大きな目の女学生」だが、声は母親ゆずりのアルトが隆平にはたいそう魅力的だった。

隆平たちは山根さんの勧めにしたがい、朱塗りの大鳥居をくぐって、まず穴守稲荷に参詣した。狛犬《こまいぬ》の代わりにキツネの石像を拝殿の前に構えた、思ったより大きなお宮だった。

隆平と美沙子は稲荷神社参詣を終えて、六郷川《ろくごうがわ》——今は多摩川下流として六郷川とは呼ばないが、六郷土手や西六郷などの町名は残っている——のほとりに出て、そこにあったベンチに並んで座った。

「穴守の砂もらってきたわ。これさしあげます」

美沙子は雑嚢《ざつのう》から錦織の小さな巾着を二つ取り出しひとつを隆平にくれた。知らぬ間に社務所でお守りを受けてきたらしい。中には砂が入っている。

太平洋を望む羽田の地先は遠浅で大正のころから海水浴場としてにぎわっていた。空港拡張で埋め立てられたが、穴守稲荷は砂地の上に鎮座しておられ、その砂がお守りだった。むかし羽田の漁師が、砂のおかげで大漁にめぐまれたという伝説を美沙子は説明し、

「レイケンアタラカ、いやアラタカっていうけど、本当かしら」

と、悪戯《いたずら》っぽく言って笑った。可愛《かわい》い人だなと思う。澄んだやわらかい声がひびく美沙子の説明を、隆平はうっとりと聞いている。

穴守の砂は病気平癒なら病室の床に、家の厄除けなら玄関のあたりに撒《ま》くとよいという。出征兵士ならそれを懐にしまっておけば弾除《たまよ》けになる。

いずれ隆平も戦地に行くことになるのだ。悪化するばかりの戦況からすれば、兵役に就くということは、確実な死を約束されることだった。

「深田さん、ご用心あそばせ」

美沙子が突然、大人びた変なことを言って隆平をびっくりさせた。

「お母さんはね、わたしのお婿さんを探してるの。自分が死んだあと、娘が頼れる人を見つけておこうというコンタンなの。おかしいでしょう」

「………」

「わたしはお母さんの気持ちにさからわないで、きょうも深田さんとこうしてお会いしてるんです。悪く思わないでくださいね。あなたはいい人だから、お友達でいてやろうと言ってくださるなら、わたくしはうれしいけど」

「僕はかまいません」

複雑な気持ちで、その日の行楽は終わった。翌年、隆平は数え年二十歳、兵役がそこまで近づいていた。いずれ帰郷してしばらく親と暮らし、そこから軍隊に入るつもりだったから、あまり山根家に深入りしないがよいという意識もはたらいている。母親の打算を、娘の美沙子から打ち明けられたことが、隆平を冷静にしているのでもあった。

第三章　羅針儀のメッセージ

赤トンボを修理する隆平の日常は、そのまましばらくつづき、秋ごろから航空機工場の製作部門に回されたが、冬にはふたたび修理工場にもどされた。機体の製作が間に合わず、待機している故障機の修理を急ぐことになった理由は、戦況と関係があった。

その年、昭和十八年の十二月が第一回の学徒出陣である。徴兵猶予されていた大学・専門学校の学生が前線に駆り出された。多くは海軍予備学生として戦闘機乗りになった。促成の操縦士のための練習機が大量に必要となったのだ。

使える赤トンボはそこそこの修理で送り出すようにという命令だが、「そんなことができるか」と為近は上司に抵抗し、隆平らも為近に同調して、特にエンジンは納得できるまで作業をやめなかった。

機械部分の修理、点検を終わり、翼や胴体の破損した羽布《はふ》を貼り替えて塗装をほどこすと、ピカピカの新品となって赤トンボは送り出される。

工場を出た「九三中練」は、各地の練習航空隊に割り当てられ、日本列島のどこかの空を飛びまわるのだ。その赤トンボの姿を時に想像することはあっても、彼らの運命はむろん深田隆平らの関知するところではなかった。

残業がふえて、午後八時前に寮に戻ることはめずらしくなった。防寒のマフラーに顔をうずめた美沙子が、夜おそく正門のあたりで隆平を待っていてくれるようになったのはそのころである。

「お母さんが行っておあげなさいって言うものですから」と、まず自分の意思ではないことを伝えようとする。

「僕をどうしてもお婿さんにするつもりかなあ」

「そのようですよ。ご用心、ご用心」

美沙子が笑う。隆平らは他愛《たわい》ないことを話しながら、空港沿いの薄暗い小道を並んで寮にむかう。振っている互いの手の甲が触れると、美沙子がびくっと身をかたくするのがわかった。

寮では彼女の母親の山根さんが待っていて、隆平と同じく残業で遅くなった工員たちの食事を切り盛りしてから、娘と帰ってゆく。

「おい、あの挺身隊《ていしんたい》、お前の彼女か」

　同僚の木村から訊《たず》ねられたことがあった。とんでもないと否定すると「惚《ほ》れとるのか」と、木村はからかってくる。

「だったらどうちゅうのか」

　喧嘩腰《けんかごし》になる隆平を見て、それきり詮索しなくなったが、少しは噂《うわさ》になっているかもしれないと気づき、そのことを美沙子に告げると、素直にうなずいて、迎えにはこなくなった。

　空港沿いの小道を独りでたどるのが急にさびしく、あんなこと言わなければよかったと後悔した。隆平の仕事場も日に日に忙しく、そのころは組立工場で新品の赤トンボを仕上げるのに熱中した。朝六時の早出があったりして、ろくに睡眠時間もとれない日がつづいたが、「おれはヒコーキを作っているのだ」という自覚に胸を浸していたので不満はなかった。

　戦争は昭和十九年（一九四四）の正月を過ぎたころから、旗色がいちだんときびしくなった。二月にはトラック諸島に襲来した米機動部隊を撃退と新聞は報じ、敵艦四隻撃沈破、五四機を撃墜したというが、我が方は一八隻を撃沈され、飛行機は実に一二〇機を失っている。

飛行機はすでに戦争の消耗品であった。日立航空機羽田工場が、一時中止していた九三式中間練習機・赤トンボの生産を再開したのは、隆平が入社した年の昭和十八年五月からで、同時に二式中間練習機も作りはじめたが、これを八月で中止した。赤トンボは引きつづき翌年十一月まで、月産一五機のフル回転で、昭和十五年からの通算で一五〇〇機を生産した。

それは出陣学徒からの飛行予備学生採用、また甲種・乙種両飛行予科練習生の募集に拍車がかかった時期とも一致する、搭乗員養成の急務に応える赤トンボの増産だった。

昭和十九年の正月、隆平が帰省できないことを家に知らせたので大晦日の夜、母が突然上京してきた。

隆平には兄が二人いる。その二人とも兵隊にとられていた。家には隆平の弟が一人いるが、いずれ兵役に就く。四人のうち二人は戦死することを覚悟しなければなるまい。典型的な「出征兵士名誉の家」だった。

母は二十歳になった隆平がこのまま東京から入隊するようになるのではないかと思

い、いたたまれなくなってやってきたのだという。

母は隆平の部屋に泊まるつもりだったが、山根さんが聞きつけて、ぜひにと自宅につれ帰り、元日も出勤する隆平の代わりに美沙子が、母の伴《とも》をして東京見物に出かけたりした。

「あのお嬢さんと、どうなっちょるんだい？」

母が怪訝《けげん》そうな顔をするので、先方は養子にと考えているようだが、自分にその気はないと安心させる。

「うちには男が四人おるのじゃけねえ、一人ぐらい養子に出しても……」と、真顔で言う。

「今は家同士なかよくつきあっているだけで、よいのじゃないか。美沙子さんもそのつもりです」

「そうかね」

母はあいまいに納得した顔で、三ケ日をすごして帰って行く。そんなことがあって、隆平は日曜出勤をのがれた休みの日は必ず山根家を訪ねるようになった。

穴守稲荷を参詣して、六郷川《ろくごうがわ》の土手を散歩するのがお決まりのコースだが、隆平ら

はまだ手もにぎっていないのだった。会うたびにひそかな胸のときめきを覚えているというのに、美沙子はなんのそぶりも見せず、

「ご用心、ご用心」

と、冗談めかしているので、なにごともない日々をすごしていた。

隆平ら個人のささやかな感情の起伏とは関わりなく、時局は大きくうねりはじめていた。隆平の仕事柄からの関心事としては、二一型で航続距離三三五〇キロ、最高速度五三三キロ、二〇ミリ機銃二挺と七・七ミリ機銃二挺を武装して、開戦以来一年余にわたり太平洋を制覇してきたゼロ戦が、それを上回る機動力を備えた敵戦闘機グラマンF6FやB29などの登場によって劣勢に追い込まれている。

消耗しているのは飛行機ばかりではなかった。それと同数の搭乗員喪失が、航空戦略に深刻な影響を与えている状況は、練習機の増産に追われている隆平らにもひしひしと伝わってくるのだった。

昭和十九年（一九四四）五月二十七日、米軍は日本軍が基地をおく委任統治パラオ諸島をうかがうそぶりを見せて、西ニューギニアのビアク島に上陸した。陽動作戦で

あった。

陸上航空部隊と協力して、主力艦隊の決戦場をパラオ付近に想定、「あ号」作戦を立てていた日本海軍——豊田連合艦隊司令長官——は、陸軍との約束を破って、陸上航空戦力一〇〇〇機の半分を投入する「渾《こん》」作戦に転換、米軍のワナにはまって大敗した。

出鼻をくじかれたあとの六月十九日と二十日に展開された遅まきの「あ号」作戦はみじめな結果に終わった。マリアナ沖海戦とよばれるこの決戦で、わずかな損失にとどまった米軍にくらべ、日本軍は三九五機、空母三隻を失ったほか四空母中小破という壊滅的打撃を受けた。「渾」作戦のときの損失を合わせれば、およそ一〇〇〇機近い航空戦力を失っている。

この作戦では新鋭機の「銀河」「彗星《すいせい》」などが登場した。「銀河」は、昭和十九年十月に制式採用された陸上爆撃機で、すでにマリアナ沖海戦・ニューギニア戦線で夜間攻撃機に転用され実戦に入っていた。航続距離五三七一キロ、急降下最終速度七〇三キロという高性能を誇った。

艦上爆撃機「彗星」は、航続距離三三三キロ、エンジンは火星二五型一八五〇馬力

（三菱）、最高速度四八一キロの新鋭機でマリアナ沖海戦が本格的初陣だった。しかしマラリアや赤痢に苦しむ搭乗員や基地の設備不充分も加えて自滅した。ほかに促成操縦士の未熟な技術も指摘された。

中間練習機による訓練もほどほどに前線に追いやられる人々も、少なくはなかったのだ。やがて特攻作戦が非情に推し進められると、その傾向はさらにひどくなる。

「高等飛行術など習得する必要はない。とにかく爆弾を積んで飛べるようになり、敵艦に突っ込めば事足りる」というのだった。

堆《うずたか》く積み上げられた故障機の山から聞こえてくるのは、赤トンボたちの悔しく悲しい怒りの歯ぎしりであった。

「このごろいやに練習機の故障が多くなった。飛行機乗りの質が落ちたのかな」

「むりもないさ、十五や十六歳の子供を早く戦闘機に乗せようと尻をたたくんだ。玩《おも》具《ちゃ》を壊してもしかたがねえわな」

休憩時間のとき、職長の為近が、ため息まじりにつぶやく。

「甲飛はいいとしても、乙飛ときた日にゃ、はじめのうちはまだガキだろう。可哀そうじゃねえか」

江戸っ子の為近は、べらんめえ口調で、いつになく饒舌《じょうぜつ》だった。乙飛というのは正式には乙種飛行予科練習生で、海軍省が高等小学校卒業、中学二年修了を資格に募集した飛行兵である。本来の予科練はこの乙飛だ。

その後、海軍省は中学校四年一学期修了の資格で甲種飛行予科練習生を募集した。略して甲飛という。乙飛は下士官どまりだが、甲飛は兵学校と同等の将来が約束されていると言わんばかりの人集めだったので、狭き門の兵学校をあきらめていた若者は、七つボタンの制服にあこがれて殺到した。しかしこれはウソだったのである。志願して入隊し、騙《だま》されたことに気づいたのだ。

隆平も甲飛の適齢期で、同級の何人かは受験している。隆平は別に胡散臭《うさんくさ》さを感じたわけでもないが、飛行機作りのエンジニア以上の魅力は覚えなかった。

あとのことになるが、海軍の特攻隊で命を散らしたのは大半が甲・乙種飛行予科練生で、ほかに特攻といえば学徒出陣の予備学生がいる。海兵出身の特攻隊員はごくわずかだった。予科練は特攻隊要員だったのかとの邪推が生まれたのも当然の結果である。

「今、海軍はどれくらい練習機を持っていると思う？」

と、為近が言う。

三〇〇〇機か、いや五〇〇〇機かと口々に数字を挙げると、為近は笑った。

「役に立つのは一六〇〇機だよ。とにかく足りねえんだ。これから飛行訓練を受ける予科練や予備学生合わせておよそ一万五〇〇〇人というから、一〇人に一機だ。搭乗訓練の順番を待っているうちに戦争は終わっちまう。土浦・三重・奈良・松山・鹿児島……。訓練地からやいのやいのの催促だが、うちだって月産一五機だろう」

「川西も三菱も作ってるでしょう」

「そりゃそうだが、練習機ばかり作ってちゃ、戦争はできねえ。しかし操縦士がいなきゃ飛行機は飛ばねえしな。ここは難しいところだ。とにかく練習機を待ってるのは、海軍だけじゃない。陸軍だって事情は同じだ。海軍と陸軍は資材の取り合いで、いがみあってるそうだ。民間だけでなく、国の工廠《こうしょう》とも奪い合いになる」

「協力はできないのですかねえ」

「資材を余分にごっそり溜《た》め込むこともあるらしい。それで生産の能率は落ちるって寸法さ。なにをやってんだろうね」

「為近さん、いやに詳しいんですね」

「この前、職長会議のとき、聞いたんだが、こんなことべらべら喋ってると手が後ろに回る。他言無用だぜ。お前さんたちの中に、まさかスパイはいないよなあ」

為近は、わざとらしくあたりを見回した。

君死に給ふことなかれ

季節はいつか昭和十九年（一九四四）の夏を迎えていた。うだるような暑気に襲われる七月十九日の新聞で、隆平らはサイパン島陥落を知った。

「サイパン将兵全員戦死す　戦ひ得る在留邦人の運命共に」

——三万余の兵士と一万人の島民が死んだ。

米軍はただちに日本本土爆撃のB29基地構築にかかる。東京大空襲がはじまるのは四カ月後だ。嵐の前の一瞬の静けさに似たおだやかな帝都の日々が不気味に過ぎるころ、隆平は徴兵検査で帰郷、第一乙種で合格し、翌年三月、兵庫の航空通信連隊への現役入隊が決まった。

身辺を整理して、隆平はふたたび東京に戻り日立航空機羽田工場の職場に復帰したが、入隊前の退職を願い出ていた。わずかな期間を家族と共に暮らすつもりだった。これは母親の強い要求に応じたものだ。そのときの戦況からすれば、兵役はそのまま死に繋《つな》がることだったから、せめて入隊までを息子と一緒に暮らしたい。その必死の願いに背けなかった。

会社も再開した九三式中間練習機の製作を十一月で打ち切る予定にしているので、兵役の決定でもはや戦力外になった隆平のわがままを受け入れてくれたのだ。美沙子にもそのことを告げる。

「それじゃ間もなくお別れね」と、明るく言う。

「こんどの日曜日、映画に行こう」

「ええ、行きましょう」と、屈託なくうなずく美沙子をつれて、その日は有楽町の映画館で日本映画『小太刀を使う女』を観た。

西南戦争を背景に、凜《りん》とした武家の女を演ずる水谷八重子が、臆病な町人出身の弟嫁月丘夢路を叱り励ましながら、獰猛《どうもう》な薩摩軍《さつまぐん》が横行する戦場を駆けぬく時代劇で、銃後の守りを説く国策映画だった。

満員で座る席がなく、闇のなかで立ったまま一時間あまりをすごした。隆平たちは自然に、汗ばんだ手をはじめて握りあった。美沙子はずっと俯《うつむ》きっ放しだった。

蕎麦《そば》を食べて、羽田に帰ったころ、日はとっぷり暮れていた。どちらが誘うでもなく、いつもの六郷川の土手に出ていた。

「間もなくお別れね」

美沙子はまたそれを言ったが、こんどは泣き声だった。

「必ず戻ってくる。戻ったら結婚しよう。そしてお婿さんになるよ」

そんなふうにして、求婚した。そしてはじめて美沙子と、ぎこちないくちづけを交わした。

「待っちょってくれるかなあ」

「待ちます。絶対に！」

それから少しおどけて、長州弁で言ってくれた。

「待っちょるわよ」

アルトで響く美沙子のその誓いの声を、全身に染み込ませて、ほどなく隆平は美沙子と、赤トンボとも永遠に訣別《けつべつ》したのである。

別れぎわに美沙子が渡してくれた厚手の封筒をひらくと、母親山根照子名で金参円をつつんだ熨斗袋《のしぶくろ》と、別に美沙子の封書が入っていた。

白い便箋に丁寧な字で、別れの言葉がつづられている。

隆平さま
たのしい、たのしい日々でした。一生忘れません。またお逢《あ》ひする日が必ずめぐつてくるのをかたく信じて、待つてゐます。さしあげたお稲荷さんの「穴守の砂」を大事に持つてゐてくださいね。
わたくしも肌身離さず大事に、大事にいたします。

美沙子

別紙に与謝野晶子の詩の一行《君死にたまふことなかれ》が、やや震える字で書きとめられていた。

十月のなかば、会社を去る前日、修理を手がけた最後の九三式中間練習機に、隆平は許されないあることを仕残した。ひそかに計画していた悪戯《いたずら》である。

コックピットの計器盤の九三式航空羅針儀の下に、用意したディバイダーの針を使い細字で次のメッセージを刻んだ。

「栄光ノ赤トンボニ祝福ヲ。武運長久ヲ祈リツツ本機ヲ誠心整備ス。日立航空機羽田工場技手補・深田隆平」

日本海海戦の英雄、東郷平八郎元帥の双眼鏡を修理した東京日本橋の写真材料商小西屋六兵衛店に小僧奉公していた少年が、ひそかにレンズ枠の環の片隅に修理者である自分の名を記念に刻んでおいたという逸話を聞いたことがあった。

隆平は大胆かつ知的なこの少年の悪戯っ気を真似《まね》て、自分が手がけた赤トンボの中のせめて一機を東郷元帥の双眼鏡に擬し、記念の銘文を入れたのである。そして美沙子がくれた「穴守の砂」を、機体の安全性に無関係な乗降用足掛けに一つまみほどふりかけた。

隆平のメッセージを刻み込んだ九三式中間練習機は、羽田の工場を出て、どこの空をめざして翔《と》んで行くのだろう。隆平の手を離れたそれはもはや二度と会うこともない一個の飛行物体でしかないのか。いや、幻の赤トンボとなって、いずれ戦場で果てるまで隆平の脳裏を駆けめぐるのだ。

最後の日、上司・同僚へのあいさつを済ませ退社する隆平を、労務課の津山が呼び止め、社員食堂に誘った。

「まあ、コーヒーでも飲もう。お別れだからな」

ちょっと見ないあいだに、気のせいか彼のチョビひげの中に、白いものがまじっているように見えた。

「僕は間もなく兵隊にとられるし、二度とお会いすることはないと思います」

「まあ深田君は、なんだか忘れられん人だなあ」

「津山さんにはお世話になりました」

「ちょっと参考までに聞いておきたいのだが、決まっていた部署を嫌がり、あれほど製造部に行きたいと強く希望し、そのとおりになったというのに、こんどは辞めるという。なぜだね、そんなわがままがこれからも通ると思ったら間違いだな。君は若い、これからの長い将来のことも考えてみることだな」

「津山さん、僕に長い将来があると思いますか」

「それは……」

彼は絶句して沈黙し、思い出したように、

「ところで、山根美沙子君とはどんな約束をしているんだ」

津山の奴《やつ》、そのさぐりを入れるために隆平を呼び止めたらしい。

「あなたも下世話なことが気になるんですね。噂を聞いたのですか」

「たしかに耳にしたのだよ。だって美沙子君は、挺身隊《ていしんたい》といっても私の部下だからね。母親からも頼まれているし」

「心配せんでも、ええですよ。僕らはまったくきれいな関係ですから。あの人はしっかりした女性です。僕が帰るまで待つと言ってくれてますが、戦争に行く者が、生きて帰ることを期待するのが、どだい間違いですよ。そのあたりのことは、心得ています。心配ご無用です」

津山は露骨にほっとした表情で、立ち上がった。テーブルの上の灰皿で彼が消しわすれたタバコが、細い煙をゆるがせている。山根親子のことを、こんな男には頼めないなと隆平は思う。

死ににに行く者は、後腐れないように去ってくれとばかり、みんなそう考えている。当然のことだろうが、隆平は急に悲しくなった。

列車に乗る前、山根親子に別れのあいさつをすることにしていたが、気持ちをひるがえして、だれにも会わずそのまま羽田を去ることにした。

最後に六郷河畔をひとり散歩して時間をつぶし、バスで蒲田駅に出て午後四時の急行に乗った。列車が動きはじめてから、ふと窓の外に目をやると、転がるようにして、プラットホームに走り込んでくる美沙子の姿が見えた。約束の時間に隆平があらわれないので、にわかに思いついて、駅にやってきたのだろう。急いで車窓を引き開けようとしたが、手間取っているうちに、列車はホームをはずれてしまった。彼女の顔を視野におさめるのは、それが最後となった。

そんな別れぎわになるのなら、素直に会って行けばよかったのだ。必死の形相をした美沙子を、瞬間見おさめた記憶が、生涯隆平の悔いと悲しみをそそることになるのである。

第四章　デカンショの里

地一号無線機

デカンショデカンショで半年暮らす　ヨイヨイ
あとの半年寝て暮らす　ヨオイ　ヨオイ
デッカンショ

兵庫県篠山《ささやま》市が無形民俗文化財に指定する民謡「デカンショ節」である。歌の掛声は、この地方の盆踊り歌「デコンショ」「デゴザンショ（出稼ぎ）」から出たという説もあるが、旧制高校の学生が愛唱したとすれば、哲学者デカルト、カント、ショーペンハウエルの略称と見るほうが味わい深い。

日立航空機を退社して、いったん帰省し昭和二十年（一九四五）四月、深田隆平が現役入隊したのは、この篠山にある第三一航空通信連隊（中部第一一〇部隊）である。

篠山は城下町だ。篠山城は天下分け目の関ヶ原合戦から九年後の慶長十四年（一六〇九）、徳川家康が築城の名手藤堂高虎を縄張りとして築かせた天下普請の平山城《ひらやまじろ》である。

今も石垣、大手門、天守台、三の丸、大書院（復元）、大書院（次之間）などの遺構をとどめ、「日本一〇〇名城」のひとつ、国指定史跡となっている。

市内には入母屋《いりもや》造りの武家屋敷、古い商家の建物が散在する旧城下町の風情を色濃くただよわせている。兵営は篠山城から北に離れた盃山のふもと近くにあるが、隆平ら新しい入隊者は、連隊内に伝染病が蔓延《まんえん》していたので、兵営に入れず、城北《じょうほく》国民学校の校舎を接収した仮兵舎に収容された。

いちおう小銃・帯剣・鉄帽・瓦斯《ガス》マスク（被甲）など完全軍装用具は支給されたが、野外訓練よりも通信技術訓練が優先した。はじめは信号音の聞き取りだ。

拡声器から「━・━・・《ツートツートト》」という同じモールス信号音が繰り返し響く。

━・━・・　━・━・・　━・━・・

「よいか、これは数字の9だ。ツートツートト9、ツートツートト9、さあ、みんな一緒に言ってみろ」

それで隆平らも声をそろえて「ツートツートト9、ツートツートト9」と発声する。

「イロハ」のモールス信号では「キ」にあたる。民間のモールス信号と違い航空暗号で使う乱数表では9としている。

日本軍の暗号は早くにアメリカが解読していて、山本五十六連合艦隊司令長官の搭乗機が、ニューギニアで撃墜されたのはそのためだった。

隆平らが使う教科書は、司令長官機撃墜後、全面廃棄され無用になった払い下げの暗号書であった。通信技術習得の次は暗号教育に移るのだが、まずは1から0までのモールス信号を完全に聞き取る能力を身につけなければならない。つまりヒヤリングの訓練だ。従来おこなわれたモールス信号の覚え方は、音訓式だった。

（イ）伊藤・━、（ロ）路上歩行・━・━

（ハ）ハーモニカ━・・・、（ニ）入費増加━・━・、（ホ）報告━・・、（ヘ）屁・

（ト）特等席・・━・・……

この音訓式を廃止して、イは音《おん》のとおりに「・━《トツー》」と発音する方式に改められた。

一分間に四〇字から五〇字、さらに進んで九〇字ぐらいまでが目標である。

古い航空暗号は四桁の数字に置き換えられた。これは解読をむつかしくするために五桁になるのだが、隆平らのときは四桁の暗号書に準拠した。

4714　6829　0984　……

これをモールス信号にすると、ツーツー　トツート　トツー　ツーツー／トツート

ツー　トツーツー　ツートツート　ツートツートト／ツーツーツー　ツートツートト

トツーツー　ツーツー

となる。連続するこの音を四桁に区切って聞き取り、紙に書いていく訓練は、隆平の性分に合っているのか案外面白いものだった。

聞き取りができるようになると、電鍵《でんけん》をたたいて送信する技術の習得に移る。同期の中には逓信講習所で、一人前の通信士になっている者もいた。まったく未経験の者には彼らに追いつくのがたいへんだったが、小銃をかついで走ったり、それを両手で支え匍匐《ほふく》前進したりする過酷な訓練にくらべたら、このほうがよほどましで、むしろ楽しくもあった。嫌々ながらはじまった軍隊生活で、これは意外な成り行きだった。

電鍵はタテ振りとヨコ振りがあるが、基本的には、ツマミを上下動させるタテ振り電鍵が最も多くもちいられる。地上の航空通信が使ったのも「米つきバッタ」といわれたタテ振り電鍵だった。

親指・人差し指・中指の三本を軽くツマミにおく基本姿勢を「原姿」という。手首の運動によってトンとツーをたたき分ける。

教壇に立った教官の木林少尉が、みずからも電鍵に手を添えて、「原姿！」と号令をかける。つづく「トン！」の号令で電鍵をたたく。すかさず「原姿！」で元の状態に戻る。これが単位動作だ。

「原姿！」「ツー！」「原姿！」――「原姿！」「トン！」「原姿！」……。

ロボットに似た機械的な動作を繰り返しているうちに、隆平は日立航空機に入社してすぐの社員教育で、笛の合図にしたがい万力に挟んだ鉄片をたたき、一〇センチ角の鉄板にヤスリをかけるきさげ作業のことを回想して、思わずくすりと笑ってしまったが、やはり思い出すのは美沙子との短い日々であり、羽田の穴守稲荷の赤い大鳥居や美沙子と歩いた六郷川《ろくごうがわ》土手、空港の有刺鉄線に沿う小道の風景だった。


地一号無線機と共に国民学校に駐屯している隆平らは、学校から一〇分ばかり歩いたところで、澄んだ山水を流すせせらぎの痺《しび》れるように冷たい水で洗面した。

そこまで四列縦隊で往復する途中、両手を挙げて手首の運動をしながら、「トツー、トツートツー、ツートトトト……」とみんなで声を合わせて行進する。

町の人は奇異なものを見る目で、隆平らを眺めた。若い兵隊たちが、何か罰を受けてそんな行進をしている哀れにも滑稽な風景に見えるのかもしれなかった。「女は悲しいものを見ると笑う」そうだが、たしかに声を出して笑うのは婦人に多かった。

――美沙子は笑わないよなあ。

と、隆平は心の中で彼女に話しかける。子供のお遊戯のように手首をふり、「ツートツートト」と喚《わめ》いている自分がそぞろ悲しく、母の笑顔とかさなる美沙子の憂《うれ》い顔が恋しかった。

美沙子から二度目の手紙が届いたのは、そんな戦況下にある五月のなかばだった。

木林少尉が、事務室に隆平を呼びつけた。

「この娘さんと婚約しとるのか。心残りじゃろう。お前は一切の志願を拒否しとるそうだな」

「志願はあくまでも自由意思ですから、悪いこととは思っておりません」

「それはそうだ。だがそれは女のためか」

「そうでないといえば嘘になりますが、実は……」と、日立航空機入社以来、連日飛行機の修理に追われているうちに、進学して航空機工学を学び、設計の仕事もしてみたいとひそかに思ってみたりもしていたのである。そんなことも話してみると、木林少尉はわかってくれたようだった。童顔の美丈夫といった感じの彼が、急に語調を変えて言う。

「中央は一億総特攻などとほざいとるぞ。本土決戦は本当かもしれん。内緒だが、その前に連隊挙げて沖縄転属の話が出ておるそうじゃ。オレも工業学校卒だ。建築科だが、建築士として成功する夢があった。オレは釣りが好きでなあ、本格的な釣具屋をやることを考えたりもしたが、もう夢は捨てたよ。お前も夢は捨てろ」

「夢を抱くのも自由なら、死ぬまで夢は描きつづけます」

「うむ、ええことを言う。そうか、きょう消灯後、オレの部屋にこい。酒がある。同じ工業学校出で少し話がしたくなった」

言われたとおり彼の個室に行き、そこに超大型の無線機が据えてあるのを見た。

ワレ突入ス

木林少尉の個室は小学校の教室を半分に間仕切りして、隅に寝台、窓際に事務机をおいている。そして入口に近い隅には、背の高さほどの金属ケースに、無線機がはめ込まれている。

「どうも連隊の伝染病終息が長引きそうなので、しばらくは学校に居座りだな。中隊長に言ったら、連隊に余っていたのをもらって据え付けてくれた。いずれお前らも、これで飛行場固定無線の訓練をやることになる」

隆平が超大型と見たのは、三台をひとつの棚におさめたいわば無線機セットだった。

「一番上の奴がスーパーヘテロダインの陸軍航空隊地一号無線機だ。航空部隊の地上基地用、広域通信の最新鋭で、有効距離一〇〇〇キロ、サンフランシスコ放送も入るぞ。こんど聞かせてやる。きょうは酒を飲もう」

木林少尉はうまく調達したらしく飯盒《はんごう》に半分ほどの清酒を用意していた。肴《さかな》は調理兵が付近の田んぼで捕ってきたタニシの味噌煮だが、なかなかの珍味だった。

「まあ、これを見てくれ」と、木林は一枚の図面を机上に広げた。洋風建物の姿図だ。

「昭和初年に日本で出版されたドイツ人建築家の作品集にあった、二階に風呂のある家を見て、オレもそんな家を建ててみたいと思った。二階に風呂を持って行くなど、これまで日本人の発想になかった。これがオレの作品第一号だ。まだ図面だけだが」

木林はだれも聞いてくれない話相手に隆平を選んだのだろう。隆平は赤トンボの構造、機能などについて話し、二人だけの酒宴は深夜におよんだ。

翌日は前日にひきつづき、送信の訓練だ。眠気を催しながらのトン・ツーは、朝八時から正午までぶっつづけの長丁場だった。

・・｜　｜・｜｜　・・｜　｜・｜｜

（ウケ、ウケ　――　受信せよ）

（カンドウカ　――　感度どうか）

（カンヨ、カンヨ　――　感度良好）

｜・・　｜｜｜・｜

（ホネ　――　本文）　…………

暗号の場合は、乱数表を使い、平文を四桁数字に変換して送る。これを翻訳する暗号のやりとりは時間的な余裕のある場合にかぎられ、飛行中の航空機と地上無線との交信は、極秘事項を除いて直接平文でおこなわれることも多いので、イロハ四八字の和文モールスもできなければならない。

出撃した特攻機からの最後の打電を受信するのも地一号無線機である。

木林少尉の居室にある三台の無線機は、いちばん上が地一号、その下が地二号九四式対空二号、最下段が地三号地上近距離用無線機である。

地一号無線機は、航空部隊用の対空通信機だ。スーパーへテロダインというのは、電波受信の一方式で、第一次大戦時、すでに登場している。その後改良をかさね、二十一世紀になってもこれを利用しないラジオ機器はないといわれるが、真空管時代はいわゆる重厚長大の大きな機材となった。

地一号無線機は、受信した電波の周波数を変換する「周波数帯自動変換機能」をそなえるスーパーへテロダイン方式の新兵器、まさに〝空飛ぶ耳〟だ。

木林少尉はこれを隆平らにあつかわせるようなことを言っていたが、実際にはキャビネットの最下段にあった地三号地上近距離用無線機を教場にはこばせて、無線機操作の実習に使った。その理由は間もなくわかった。地一号無線機でひそかに受信していた「サンフランシスコ放送」が、ただならぬことを伝えはじめたからである。

サンフランシスコからの日本語放送、つまりアメリカによる謀略の短波放送は、開戦直後からはじまっていた。サイパン島が落ちると中波局が島に新設され、地一号無線機だと楽々受信できるようになった。

特に昭和二十年（一九四五）五月からは、サンフランシスコ放送ではなく、「ザカライアス放送」と日本側が呼ぶ謀略放送がはじまっている。

これは流暢《りゅうちょう》な日本語をしゃべる米軍諜報《ちょうほう》部のザカライアス大佐による温和な口調の一五分間におよぶ、いわばトーク番組であった。

しかもザカライアス放送がはじまったのは、ドイツが降伏した翌日の夜からである。早くに降伏したイタリアにつづくドイツの降伏である。

「日本は同盟国を二つとも失ってしまいましたね」といった調子で、大本営の発表が日本軍劣勢の事実を伝えていないと、戦況を詳しく指摘する。そんな地一号無線機を教材に使うわけにはいかないのだ。

城北国民学校に駐屯している中隊の責任を一人で背負っているのは木林少尉だが、さほど緊張しているふうでもなかった。

隆平らが入隊して間もなく、アメリカのルーズベルト大統領が病死したニュースがそれとなく伝わってきた。

「敵の大将が死んだのだから、これで戦争が終わるのではないか。そう思いたいじゃろうが、そうはいかんぞ。トルーマンというしたたかな野郎が次の大統領となって、戦争を継続するそうだ」

そんな訓示を垂れる木林少尉という男が、なんとなく大きく見えたものだ。

「お前、毎晩のように木林の部屋に行きよるが、何をしとるんか」

班付の中田兵長が、やや凄《すご》むような口調でいう。こいつのくせだ。操縦の適性にはずれ、通信にまわされてきたひねくれ者で、時に初年兵をひどく苛《いじ》めたりする。

隆平にその気配をみせないのは、木林少尉と親しくしているからだろう。

「サンフランシスコ放送で、ジャズを聴いちょるのであります」

「ジャズか。オレにも聴かせろ」

「ええですよ。一緒にいきましょう」

「そうか、少尉によろしく言うてくれ」

「ええですよ」

そのことを木林に伝えると、

「いいだろう、べらべら喋らんけりゃあ、何人でもつれてこい」

と、いやにあっさり答える。気づいているのなら、妙に隠しだてしないほうがよいと考えたのだろう。中田は四人の仲間と共にやってきた。

「よいかお前ら、ばれたら軍法会議だ。スパイ容疑で首がふっ飛ぶかもしれんぞ」

木林少尉が低い声で脅したが、顔は笑っている。

その夜のザカライアス放送は、トルーマンの声明を読み上げたあとで、「無条件降伏は、日本の絶滅を意味しない」ことを何度か繰り返して終わった。

みんな蒼《あお》ざめて、黙りこくった。無条件降伏などとは、はじめて聞く言葉である。「一億総特攻」と怒号する軍部とは別に、敵とひそかに交渉しているのは何者なのだろう。

「オレにはわからんが、とにかく、そこまで話は進んでおるということだ」

言いながら地一号のツマミを操作していた木林少尉が、突然「シィッ！」と、舌を鳴らした。聞こえるのはかすかなモールス信号である。

「テキカンミユ……だったか」

と、中田兵長が言う。

「さあ」

一同、首をかしげるばかりだ。雑音に耳を澄ましていると、ひとしきり彗星《すいせい》のように、モールス信号が尾を曳《ひ》いた。こんどはだれもが、あきらかに受信したのだ。

「ワレトツニウス（われ突入す）」

そしてそれきり雑音は消え、あたりは深い沈黙の闇に閉ざされた。

「どうなっておるんでありますか」

と、島村兵長が訊《たず》ねた。

「どうもこうもない。日本は負けるということだ」

木林少尉がため息まじりに言った。かなり前から夜一人でサンフランシスコ放送を聞いていたのだろう。彼にはもう先が見えているのだ。

「無条件降伏とはどういうことですか」

「アメリカは無駄な抵抗をやめて降伏しろと言う。条件のない降伏はあり得ないと、日本側のだれかが言っている」

「日本側のだれかとはだれですか」

これは隆平が訊ねた。

「それはわからん。ザカライアスの話を聞いていると、たしかに日本側のだれかがおることはたしかだ。その者はしきりに無条件降伏なら、日本は絶滅するではないか、それなら死ぬまで戦うしかないと言う。いや、降伏は日本国民の絶滅や奴隷化ということではないから、とにかく降伏しろ、米軍はもうお前たちの家の戸口まできておるのだぞ、考えてる時間はないのだ……」

「と、ザカライアスは脅しているんですね」

「脅しだけではないかもしれん。お前ら戦艦大和が沈没したのを知っとるか。沖縄にむかう途中、米空軍に襲われて、あの不沈艦を誇った大和が沈没というが、まあ撃沈ということだろう」

「デマじゃないですか」

「いや、別の筋からもそれらしい情報は入っている。もう戦う方法は飛行機に爆弾を積んで、敵艦に体当たりするほかにないということらしい。これを見ろ」

と、木林はよれよれになった新聞を机の引き出しから出して広げた。一枚は前年昭和十九年（一九四四）十月二十九日の新聞で、「必死必中の体当たり／神風攻撃隊敷島隊五勇士の偉勲」の活字がまず目を引く。「忠烈万世に燦《さん》たり」「豊田司令長官全軍に布令」の見出しで、関行男を隊長とする五人の名が並んでいる。その横には「出撃は即ち〝死〟／隊長さへ廿四歳の紅顔」とある。

「オレたち兵隊からみれば、新聞もいい気なもんだ」

木林はもう一枚を広げた。年を越して昭和二十年四月三日、隆平らが入隊したころの新聞だ。

「沖縄本島敵兵力を増強」という大見出しの下に「神風隊六回突入」とある。

「連日特攻隊が出撃している。地一号無線機は、あの者たちの最後のモールス信号を受けるためにあるような気がしてならぬ」

一同声もない。

海行かば

「この次、くるときは酒を調達しろよ」

木林少尉は飯盒《はんごう》の酒をみんなの湯呑に注いで、

「特攻隊はこういうふうに別盃を交わして飛び立つそうだ。ではオレたちは通夜のつもりで」

と、乾杯のかたちをとる。それぞれに飲み干して、しばらく話しあった。

「沖縄転属はいつごろからでありますか」

だれもがそのことを聞きたがった。

「伝染病で身動きできんとは、情けない話だ。だいぶ下火にむかいつつあるらしいので、終息しだい再開されようが、動きが止まった今のうちだけ、兵隊の寿命が延びておるちゅうことだな――米軍の沖縄上陸は四月からもうはじまっとる。大本営は陸海軍全機特攻化を決定し、海陸合わせておそらく二〇〇〇の爆撃機、戦闘機を特攻機に仕立てて反撃に出ている。菊水作戦というそうだ。飛行場通信も総出動だ。オレたちの出番だよ。この地一号無線機もいよいよご出馬だ」

「沖縄本島でドンパチがはじまったらば、ど真ん中の飛行場はどうなりますか」

小池兵長が身を乗り出した。

「沖縄転属といっても、本島だけではない。周辺の小島たとえば石垣島・宮古島その他、また九州、台湾などが出撃の基地だ。アチラさんの攻撃もその特攻基地に集中しとるそうだ。オレたちは援軍としてそこにむかう」

「それで自分らは輸送船で行くんでしょうね」

「そうだ、それが問題だ。途中の海には敵潜水艦がうようよ張り付いておるらしいが、駆け付けるにはそれしか手段はないのだ」

「海行かば、だなあ」

だれかがつぶやいた。

「ま、こんな状態だからな。先刻オレ様の腹は決まっておる。水漬《みづ》く屍《かばね》だろうと、本土決戦だろうと、沖縄転属だろうと、いつどこへでも行ってやる。お前たちも覚悟しておけ。一緒に死のうな。だが、逃げたい奴は逃げてもいいぞ」

酒が言わせるのか、木林少尉がとんでもないことを口走りはじめたので、「さあ寝るか」と隆平らは一斉に立ち上がり内務班に引き上げた。


知るということは、たしかに余分の悩みを添える以外の何ものでもなかった。

指揮官でもない一兵卒の隆平たちが暗い先行きを憂い、現実の不安を倍加させて心身を費消させる必要はないのであった。

にも拘《かか》わらず、知ったうえからは、さらに深い事情や自分らにはなんら必要のない情報までを欲しがった。

何も知らされず、命令されるままに突進して、一瞬の苦痛ですべてが終わるのが兵隊の宿命であるとすれば、航空通信兵という仕事を国家から与えられ、文明の利器「地一号無線機」という空飛ぶ耳を、手の届く身辺に持っていることも宿命というべきであろう。

隆平たちは前回予告された五月十九日の夜、またのこのこと木林少尉の部屋に集まり、ザカライアス放送に聞き入るのだった。彼らはこの時点で、一国の運命を左右しようとしているかもしれないアメリカ人の声に耳をかたむける機会を得た少数の日本人であった。

この夜もザカライアス大佐は、まずトルーマン声明なるものを読み上げ、無条件降伏を迫るのである。

「アメリカ大統領ハリー・エス・ツルーマンより一書を呈す。ナチス独逸は壊滅せり。日本国民諸氏も我が米国陸海空軍の絶大なる攻撃力を認識せしならむ。貴国為政者並びに軍部が戦争を継続するかぎり、我が攻撃は愈々《いよいよ》その破壊及び行動を拡大強化し……」

日本の作戦を支持する軍需工場への攻撃にもさらなる力を入れるであろうとつづくこの声明文は、禍々《まがまが》しい威嚇の声でしかなかった。

軍用機を生産している日立航空機の羽田工場もその標的にされているにちがいないと思い、グラマンの機銃掃射に逃げまどう山根美沙子の姿を想像して隆平は胸を痛めた。

ザカライアス放送

篠山はなぜか空襲に悩まされることがなかった。

いちおう警報は鳴るが、トンボくらいに小さく見えるB29の編隊が高い上空を通り過ぎるだけだった。

アメリカが空襲を避けた京都が近くにあるせいだというのはあとで聞いたことだが、代わりに大阪や神戸にはありったけの焼夷弾《しょういだん》、爆弾をふるい落として、カラになったB29が、篠山を素通りするのである。

こんな田舎に爆弾を落とす必要はないというのだろう。しかし航空通信連隊があるのに、狙われなかったのはなぜだ。伝染病の蔓延にあえぐオンボロ兵舎など物の数に入らなかったのか。

敵機の注意も引かなかったこの連隊は、およそ三カ月間封鎖され、そのまま隆平らの国民学校駐屯はつづいた。

　連隊は刑務所のような高い塀にかこまれているが、仮の兵営には塀がなく、周囲は田んぼで、境界を示すために縄が張りめぐらせてあった。

「この縄張りの外に、無断で一歩でも出たら脱走だぞ」

　と脅されても実感がない。脱走しようと思えば、ひょいと飛び越せばよいのだ。みんなでザカライアス放送を聞いた夜、酔った木林少尉が「逃げたい奴は逃げてもいいぞ」と言った声も妙に耳に残っているが、逃げ出す者もいなかった。

　連隊の伝染病を除いて、篠山旧城下町はとにもかくにも静かだった。沖縄方面で特攻機が火を噴き、血みどろの戦闘がつづいているのが嘘のように、篠山は平穏無事だった。

　六月に入ってから、美沙子から便りがあり、木林少尉は検閲なしに、それを隆平に渡した。

隆平様

美沙子はあなたのご無事を祈りながら、毎日会社にかよっています。三月から私は正式採用になりましたが、今会社は大変です。

東京では昨年十一月から本格的な空襲が始まりました。羽田にB29がくるようになったのは今年二月十七日からです。その日は羽田の飛行場が襲われました。

二月二十三日には日立航空機の大森工場が空襲を受けました。三月十日からの空襲で、東京の中心地帯は丸焼けになり、たくさんの人が死にましたが、羽田は無事でした。でも五月二十九日は羽田、大森が空襲を受け、日立航空機は大被害を受けました。もう当分は襲ってこないだろうということです。私も母も無事ですから御安心ください。……

攻撃は単に爆弾や焼夷弾の投下でなく、地上の民間人をねらった戦闘機グラマンの機銃掃射もあり、工場で働く人が死んでいる。ほかに焼夷弾によるおびただしい市民の焼死者もいる。

隆平は美沙子の手紙を木林少尉に見せた。検閲しなかった厚意にたいする返礼の気持ちもあったが、情報として東京の様子を彼に伝えたかった。

「ついに心臓部に迫ってきたか」と、彼はため息を吐《つ》いて声をひそめた。

「これは始末しておけ、見つかったらこの娘さんスパイ容疑でとっ捕まるぞ。民間の郵便物にも抜き打ちの検閲をしておるそうだから、めったなことは書かないほうがよい」

「注意しておきましょう」

「ところで深田、連隊入りが近いようだ。のんびりしておれなくなるぞ。地一号を聞きながら酒も飲んでおれん。みんなにそっと教えておけ」

連隊入りで隆平らの生活が具体的にどう変化するのか、よくはわからなかったが、気構えだけはしておく。さしあたって、沖縄転属が近づいたことだけはたしかだった。

六月九日が木林少尉の部屋に集まる最後の秘密会合となる。この日は山田軍曹ら四人の班長も加わる酒宴になった。これは少尉の提案だった。会合のことを、だれか洩《も》らした者がいたのだ。そいつのことを隆平は知っていたが黙っておくことにした。

「なんだかこそこそやっちょると思っていたが、こんなことだったのか」

と、山田軍曹が不服そうに言う。

「別にたくらんだわけじゃない。なりゆきだった」

木林少尉が経緯を説明し、すぐになごやかな雰囲気になった。

「そのザカラ何とかの放送はどうなっておるのだ」

と、山田が訊ねたので、あまり愉快ではないが聞いてみようということになった。

ザカライアス放送ははじまっていた。

彼は西郷隆盛の話をしていた。江戸攻撃を止め、無血開城させたことをほめ、そして日本の無条件降伏をうながすのである。

「日本側はまだ抵抗しておるらしい。こうなればやはり本土決戦ちゅうことだな。やるっきゃないか」

木林少尉が自棄《やけ》っぱちな声を上げた。

「ふーむ、やっぱりそういうことか」と山田軍曹。

「そうだ、そういうことだ」

第五章　沖縄転属

小さな群像

その日がきた。伝染病がようやく終息した連隊に入ってゆく日はカラ梅雨の晴天で、盆地をかこむ低い山なみに積乱雲が盛り上がる真夏日となった。

朝八時、隆平ら二七〇人の航空通信兵は、完全軍装して学校の運動場にあつまり、小銃を肩に四列縦隊で行進をはじめた。隆平ははじめて進軍ラッパを耳にした。

軍靴の底には鋲《びょう》が打ってあり、歩くと土と擦れあって音を発する。みんなで足並みをそろえると、ザックザックと規則的な荒い騒音を発し、それが進軍ラッパの旋律と共鳴して、獰猛《どうもう》な「軍隊」の移動を誇張した。

校門を出た行軍が広い道路にさしかかったとき、隆平らは意外な光景に気づいた。道の両側に国民学校の児童たちが手に手に日の丸を振りながら、「ヘイタイサーン、サヨウナラ」と叫んでいるのだった。

校舎の半分を接収していたので、五〇〇人ばかりの子供たちはいたはずだが、まったく触れあう機会がなかった。その子供たちと同じ空間で暮らしていたことが不思議に思えるような、予期せぬ遭遇だった。

ひそかに兵役を嫌悪している隆平は、通信訓練に興味を持ちつつも、兵営生活のすべてに距離をおこうとしている自分を意識してきた。たとえば朝、洗面するせせらぎの水の冷たさを、ひどく苦痛に感じたりするのもそのせいだった。

そんな隆平という人間が、沿道に並ぶ小さな群像を見た瞬間、全身に痺《しび》れを覚えたのだ。旗を振る幼い人々の姿が歪《ゆが》むほどに彼の目は潤み、突然、銃をにぎりしめながら思ったのだった。「この子供たちのために死んでやろう」と。

それは恋人の美沙子や母をはじめとする家族のためにあろうとするのではなく、眼前にあらわれて鋭い声をあげる子供たちの小鳥のような可憐な姿に突き動かされた戦闘者の衝動であったと、彼は思っている。それを感傷的なヒロイズムであると解する者がいても、いっこうにかまわないのだった。深田隆平は、天を突く進軍ラッパの旋律に身を預けて宙を踏んだ。特攻機に乗って死にに行く操縦士の心理もこのようなものかと、あとで思ってみたりもして、隆平はようやく同世代のあの男たちと一緒にこの戦争で死ぬ覚悟ができた。

〝死に狂い〟の戦い

沖縄戦の菊水《きくすい》作戦とは、『太平記』のヒーロー楠 正成《くすのきまさしげ》——足利尊氏《あしかがたかうじ》の軍と戦い湊川《みなとがわ》で敗死した南北朝時代の武将——の旗印から名付けたもので、いわば窮余の一策、捨身の戦法をあらわしている。

特攻生みの親といわれる海軍中将大西瀧治郎は、特攻隊のある壮行式で「君たちはすでに神の子である」と励ましたという。お前ら早く死んでこいとの意味であったとすれば、なんと酷《むご》いはなむけの辞であるか。

また大西は「特攻は統率の外道《げどう》である」という有名な言葉を遺《のこ》している。百も承知の上での非情な特攻発案だったのであろう。またこうも言っている。

「わが声価は棺を覆うて定まらず、百年ののち、また知己なからんとす」

自ら特攻隊のあとを追う覚悟ができていたからこそ、それらのことが言えたのにちがいなく、実際彼は責任を負って割腹自殺している。もののふのいさぎよい言行というべきかもしれない。しかし果たして己独りの死で、おびただしい若者の未来を奪い、死に追いやった代償を払ったといえるのか。「百年ののち、また知己なからんとす」と彼は言う。おそらく一〇〇年を過ぎても大西中将の声価は定まらないだろう――。

昭和二十年（一九四五）三月二十日、大本営は沖縄諸島近海に迫った敵連合国艦隊との決戦を期して「天号作戦」を陸海軍に下令した。この総力戦を海軍は「菊水作戦」と命名、陸軍は「航空総攻撃」と呼んで、余力をつぎ込んだ。

四月六日、第一次からはじまる総攻撃は、要するに特攻隊の体当たりによるもので、六月二十一日まで一〇次におよび、以後も終戦ギリギリまで断続的に敢行された。

この作戦で海軍九四〇機・陸軍八八七機が特攻出撃、海軍では二〇四五人、陸軍では一〇二二人が戦死した。それこそは『太平記』に言う〝死に狂い〟の戦いだった。零式艦上戦闘機（ゼロ戦）、艦上爆撃機彗星《すいせい》、陸上爆撃機銀河、九九式艦上爆撃機、九七式艦上攻撃機、四式艦上戦闘機など手持ちの飛行機をほとんど吐き出してしまった。戦艦大和の敗北は、護衛機が皆無にひとしかったためだともいわれている。

出撃した特攻機のうち一三三機が命中、一二二機が至近弾となって、米軍の艦艇三六隻を撃沈したが、連合軍側の空母や大型艦の被害は少なく、撃沈・大破したのはすべて小型艦だった。

だが大戦を通じて連合軍における艦艇被害の七分の一とされるその大半が沖縄戦での特攻機によるもの、そして米英軍の戦死者は日本軍を大きく上回っておよそ五〇〇〇人にのぼった。それだけの道づれをともなっても、沖縄包囲の艦隊にとっての致命的な打撃を与えることはできなかったのだ。

九州の知覧《ちらん》・鹿屋《かのや》・串良《くしら》・国分《こくぶ》・宮崎・大刀洗《たちあらい》などの各基地、また台湾の新竹《しんちく》・宜蘭《ぎらん》・虎尾《こび》などが特攻基地となった。隆平たちが言っていた沖縄転属とは、それら沖縄近海にちらばる基地への移動を意味していた。

詳細な情報は入らないまま、沖縄方面への航空通信兵派遣のため輸送船が準備されていながら、肝心の三一航空通信連隊は足踏みしていたのだった。

ようやく伝染病騒ぎがおさまり転属がはじまったのは、七月上旬だった。連日、小銃を包帯で巻いた転属兵の一団が、営門を出て行く風景を眺めながら、隆平らに番が回ってくるのを待つ幾日かをすごしているうちに、ただならぬ気配が兵営をつつみはじめた。

「防疫軍紀」をとなえ、あれほど厳重に実施した消毒作業の隙をくぐりぬけて潜んでいた細菌が、ふたたび暴れ出したのだ。

　発病者を送り出し、もうこれが最後だろうと一息ついていると、思わぬところから、発熱を訴える者があらわれ、連日、一人二人と陸軍病院にはこばれて行く。そのうち死人となって、原隊に送り返されてくる戦友の遺体を、山手の火葬場にはこばなければならない。隆平らは交代で「しかばね（屍）衛兵」に立つことになる。

　しかばね衛兵は、リヤカーではこばれる棺の左右に着剣した銃を担いで付き添う衛兵のことで、不運に病死した兵卒へのせめてもの葬送儀礼であった。

　症状は高熱、下痢だ。病名は「A型パラチフス」ということだったが、パラチフスでこれほど死者が出るのはおかしいと、怪しむ声がある。本当はコレラではないかと隆平は疑った。一度しかばね衛兵に出て、脱水のため骸骨のようになって棺に納められる兵士を見たが、哀れというもおろかな一兵卒の最期だった。

　棺ははじめのうち木製の箱だったが、人数がふえてくると棺の製作が間に合わないというより、費用の節約のためと思われるが、甕《かめ》が使われるようになった。

篠山《ささやま》には有名な陶器「丹波立杭焼《たちくいやき》」の窯があり、特大の甕が作られた。この地域の遺跡での出土例はないというが、古代社会の甕棺が兵営の伝染病によって再現された。真夏の太陽に灼《や》かれる黒い巨大な陶器の輪郭が幻想的な風景となって隆平の脳髄に焼き付いている。

感染予防のため、たっぷり消毒剤をふりかけられて戻るので、クレゾールの強烈な臭いが、しばらく被服から消えなかった。

そんなある日、舎前に整列せよとの命令が出て、並んでいると軍医があらわれ、舌を出せという。

「おい、貴様、一歩前」と軍医が指差すのは、舌が白くなっている者だった。体温計ではかる手間を省き、熱のありそうな者を一網打尽にピックアップして病院に隔離しようというのだった。

病原菌のしつこい蔓延《まんえん》に手を焼いた末の、やぶれかぶれの防疫作戦というのか。尋常な手段ではかなわぬと、捨身の特攻作戦に突入した軍の上層部同様、陸軍病院の軍医たちも、医師らしからぬ乱暴な手段に出たのである。

入院しても薬が不足で、将校・下士官にはいちおうの治療がほどこされるが、兵隊は隔離、放置されて死を迎えるしかない。罹病していない者も、院内感染してしまう。つまり病院に収容されたら運のつきだ。

熱の自覚はなかったが、隆平の舌も白かったのだろう。軍医は隆平にむかっても「おい、貴様」と言ったのである。暗然として、否定のつもりで半歩だけ前に出たが、軍医はふりむきもせず足早に行き過ぎる。

「深田！」

低くするどい声がするほうを見ると、木林少尉が手真似《まね》で「下がれ」と言っているのだった。反射的に隆平は列に戻った。

一瞬の早業であわやというところを、隆平は救われたのだったが、どうせ長く保《も》つ見込みのない寿命が少しばかり延びたということだ。しかし木林少尉が深田隆平の命の恩人であることはたしかである。

いったん伝染病がおさまって、連隊の封鎖がとかれたとき、先陣をきって隆平らより一足早く沖縄転属になった者のうち、一〇人ばかりの戦死が伝えられてきたのは、その翌日であった。対馬海峡あたりで、敵潜水艦により輸送船が撃沈されたという。

「沖縄転属は中止ということか」

「いや、飛行機もないのだから、沖縄に兵を送る方法は船しかない。一隻でもたどりつければよい、数撃ちゃ当たるという戦法だろう。覚悟を決めておくしかあるまい」

山田軍曹や古参兵らが、ひそひそ話をしている。

「わが軍の飛行機は、あらかた特攻で消滅してしまったというじゃないか。飛行場にまだ飛べる飛行機はいるのかな」

「まだ少しは残ってるさ」

「行けば潜水艦、止まれば伝染病か。進むも地獄、退くも地獄か」

これは小池兵長の声だった。

内務班

木林少尉は建築家だが、なかなかの読書家で、アルフォーンス・ドーデーの短篇集『風車小屋便り』の話をよくしてくれた。文学的素養のない隆平が、いきなり〝耳学問〟としてフランス文学に触れたのは、この作品を通じてだった。その中に「兵営への郷愁」という作品があって、ラン、プラン、プラン……と太鼓の響きが伝わってくる、戦争のない時代のいかにも牧歌的な兵営が描かれている。郷愁を感じさせる兵営など、あってたまるか。隆平にとって懐かしさとは逆に憎悪の記憶しかない軍隊の思い出と言えば、内務班である。国民学校に駐屯していたころは、教室にムシロを敷いたお粗末きわまる場所での居住で、それでもいちおうは内務班であり、朝日の差し込む明るい部屋なのが救いだった。

連隊に入ってはじめて見るホンモノのそれは、長い歳月にわたる兵隊の汗と涙が染みついた獄舎のような薄暗い密室だった。

内務班とは旧陸軍の用語で、兵営内で寝起きする兵隊たちの最小単位だ。二〇人から四〇人の兵を班長たる伍長ないし軍曹が統率する。

徴兵制によって、五体満足な成人男子のほとんどは陸軍に現役入隊した。そして内務班という明治の軍制以来の伝統とされる私的制裁地獄の責め苦を味わわされたが、篠山の第三一航空通信連隊も例外ではなかった。

廊下をへだてて左右対称的に分ける空間が兵隊の居室で、食卓を真ん中におき、五つずつの藁布団《わらぶとん》を並べる上下二段の寝台がむかい合っている。つまり定員四〇人だ。

廊下との仕切りが銃架《じゅうか》になっていて、隆平らの場合は旧式の三八《さんぱち》銃より銃身が短い九九式歩兵銃が斜めに立てかけてあった。

仮兵舎時代の内務班と違うのは、古兵といわれる二年兵、三年兵とかの「兵士の先輩」数人が班の構成員となっていることだった。この不機嫌な顔をした男たちが、内務班の空気を陰鬱に澱《よど》ませる元凶である。

井本・藤田・三浦ら三人の古兵は、通信兵ではなく普通科連隊の歩兵のようだった。中国戦線から帰ってきた「歴戦の勇士」ということで、日ごろ威張りちらしている中田兵長や、班長の山田軍曹もなんとなく腫物にさわるような態度だ。

殺気立った雰囲気のこの連中には、将校や見習士官までが、敬遠する姿勢を見せるので、いい気になって傍若無人にふるまっている。班長はいつも下士官室にいるので、内務班の神様気取りでいるのは、この古兵たちである。

そのころ隆平はある仕事を命じられてから、内務班にいることが少なくなったので、古兵たちとの接触がなくなったが、それまでは右のものを左にもしない彼らの食事、洗濯など万端の世話で辟易《へきえき》させられたものだった。

隆平に与えられた仕事というのは手紙の代筆である。それは病死した部下の遺族にあてるもので、山田班長から頼まれたのが最初だった。隆平が家族や美沙子にあてて書くハガキの文面を検閲で読んだ山田班長が、「書いてみてくれ」と頼んできた。

「戦病死としてよいでしょうか」と、隆平は訊ねる。

「それがむずかしいところ。連隊でも決めかねておるんだ」

「戦病死にしてやるべきですね」

思わず隆平は出過ぎたことを言ったが、班長は怒らなかった。

「まあ、そのあたりをうまく書いてくれ」

そんなことで山田班長が他の班長に、「深田に書かせた」と言ったことがひろがり、隆平のところに代筆の申し入れ——命令だが——が殺到したのだ。中隊で一〇通以上を書いたことで、あらためて伝染病の猛威を痛感する。木林少尉のも一通書いた。

「オレの居室を使え」と言ってくれたので、もっぱら少尉の部屋で書いた。「練兵休《れんぺいきゅう》」だ。一切の使役に出ずに済み、そのころはじまった野外訓練からも解放されたので、なるべく時間をかけた。

木林少尉の部屋に地一号無線機がおいてあるのでスイッチを入れてみたが、雑音がひどく落ち着いて電波が探せない。あきらめて代筆に専念した。

一〇日ばかり練兵休で骨休みしているあいだに、野外訓練も一段落したようだった。ほっとしながら復帰した内務班では、思わぬ災厄が待ち受けていた。けたたましい空襲警報が頻繁に鳴るようになり、カラ騒ぎとはわかっていても、そのつど自分の小銃を銃架から抜き取って吊革でたすき掛けに背負い、受け持ちの機材室に走る。二人一組で地一号無線機を担ぎ、防空壕《ごう》にはこばなければならない。

二人一組の相手が戦友なのであり、無線機を担ぐ相棒なのだが、その本村二等兵が発病して入院したので、宮田二等兵が新しい隆平の戦友になった。

色浅黒く目のくるくるっとした可愛《かわい》い坊やの顔をした長身の男だったが、厄介な戦友を押し付けられたことは、すぐにわかった。

振武寮の脱走兵

宮田を内務班につれてきた山田班長が、「面倒をみてやれ」と言う。

「僕、宮田貞夫」

彼は笑ってぺこりと頭をさげた。

「僕じゃない。自分だ」と、山田班長は意味ありげに笑いながら行ってしまった。

「おい、そこの初年ゴ」

山田班長がいなくなるのを待っていたように、古兵の三浦が、長椅子に片膝を立てた姿勢で言った。

「はい、自分でありますか」

「そのノッポもだ」

隆平は宮田をうながして、三浦の前に立つ。

「はじめて見る顔だが、お前どこからきた」

宮田に訊ねたが、笑って返事をしない。

「どこからきやがった。返事しろ」

宮田はやはり黙っている。

「この野郎！」

叫ぶなり、三浦は立ち上がって、宮田の頬に拳《こぶし》を振るった。宮田はよろめいて床に尻もちをつく。

「野郎、立ちやがれ」

三浦がふたたび拳を振り上げるのを見た宮田は、くるりと背中を見せ、そのまま出口にむかって走りだした。そこにいたみんなが呆気《あっけ》にとられ、三浦もほとんど慌てた口調で、「何てえ野郎だ。深田、つれ戻せ」と隆平に命じた。

しかたなくあとを追ったが、意外に足の速い奴で、姿をくらましてしまっている。いずれにしても前代未聞の珍事である。

「おい、深田」

途方にくれている彼の後ろから声をかけてきたのは、いつも神妙な顔つきをしている特別乙種幹部候補生の中田兵長だった。

「宮田というのは、変名だろう、聞いてるか？」

「知らないであります」

すると小池兵長があたりをはばかるような声で言う。

「あいつの本名は××××だ。華族の流れだよ。学徒出陣の甲種特別幹部候補生だった。大刀洗で顔を見た覚えがある。あいつは特攻の振武隊《しんぶたい》で出撃し舞い戻って振武寮《しんぶりよう》に入っていた」

「振武寮って何でありますか」

「大刀洗基地と同じ福岡にある。エンジン不調などの理由で基地に引き返し、不時着、生還した特攻隊員を収容する寮だが、ひどい制裁があると聞いている。××××……いや宮田と呼んでやるか、奴は振武寮を脱走したんだろう」

「ちょっと精神異常のようですね」

「ああいう家の子だから、ここへ放り込んで匿《かくま》うことにしたのだろう。お前の戦友になったんだから、面倒みてやるしかないぞ」

「とにかく探してきます」

「しっかりやれ」

小池兵長は行ってしまう。隆平はそれから宮田を探しまわり、やっと厠《かわや》に目星をつけた。

「宮田さん、宮田さん」と、大声で呼びかけると、奥のほうの扉がゆっくり開いて、宮田があらわれた。笑っている。

「探しましたよ」

「僕、殴られるの嫌なんだ」

「だれだって嫌ですよ。逃げたらだめです」

「痛いでしょう」

「がまんしてたら、そのうち慣れますし、もう殴られなくなります。がまんしてください」

「……」

なだめすかして宮田を内務班につれ帰る。

「野郎、帰ってきやがったか。こっちへこい」

古兵の三浦が怒鳴った。脅《おび》えた宮田があとずさりし、逃げようとするのを見るや激《げっ》昂《こう》して突進してきた三浦の前に、隆平は立ちはだかった。

「古兵殿、自分を殴ってください。宮田は病気なのです」

「病気だと？」

振り上げた手はそのままに、三浦がうめく。

「なんの病気だ」

「心の病気です」

「ココロの？」

言いながら、三浦がやっとおとなしくなったが、「そうかキの字か、へへへ」と下卑た笑いをして出て行った。この無知で獰猛《どうもう》な奴と内務班で一緒に飯を食っているのかと思うと、情けなくなる。

三浦はそれから宮田に手をあげることはなくなったが、宮田の緩慢な動作が気に入らず、ことあるごとに頭を小突いたりする。そんな扱いを受けても、宮田が反発もせずへらへら笑っているのも悲しい光景だが、むごい体罰を受けずにいるのは何よりだった。

出撃した特攻機がエンジン不調で引き返してくるケースはめずらしくなかった。その場合、積んでいる爆弾を海に捨てるのが普通である。着陸のさいの暴発が懸念されるからだ。

不時着のかたちで機が大破したり、操縦士が重傷を負って病院にかつぎ込まれたりすることもある。多くの場合、整備士は首をかしげた。飛行機会社でエンジン整備の経験を持つ隆平にしても、飛び立ってすぐ不調を訴えられては首をかしげたくなるにちがいないのだ。

点検しても異常はないとわかり、「さあ、行ってこい」とうながされて、ふたたび爆弾を装着して飛び立ち、そのまま帰ってこないことも少なくはない。

そしてまた多くの場合、特攻の途中で生還してきた操縦士を卑怯者《ひきょうもの》呼ばわりして、罵声をあびせ暴力を加える将校もいたという。

大刀洗基地の特攻振武隊では、菊水作戦で二五パーセントが生還したという。振武寮なる宿舎を設けてその人々を収容した。むろん温かく迎える施設であろうはずがない。出撃前に氏名を発表した「軍神」に生きていられたのでは困るという発想から生まれた振武寮であったから、心無い仕打ちをする外道もいたであろう。

振武寮で生還した人々に非情な懲戒を加えた将校の一人は、戦後八十歳までも生き延びたが、元特攻隊員の報復を恐れて護身用のピストルを持ち歩き、いつも日本刀を枕元に用意するなど惨めな老残の姿をさらしたという。

沖縄戦を指揮した陸軍第六航空軍は、福岡高等女学校を接収した建物に司令部を構えたが、女学校の寄宿舎を振武寮にあてた。若者たちが屈辱の涙を流した獄舎の跡には今、九電記念体育館（福岡市中央区薬院）が建っている。

宮田は罵詈《ばり》雑言《ぞうごん》のこの館《やかた》をどのようにしてかうまく脱出して、二等兵に降等され連隊に送り込まれてきた。中田兵長は彼のことを、

「上層部のやることだ。わけもない細工さ。二等兵の襟章をつけて航空通信連隊に紛

れこませたのだろう」

「そんなことができるのですか」

「息子を前線に出さないようにすることもできるそうだぜ。宮田は沖縄転属からは外れるだろうよ」

隆平は内心思う。宮田はおそらく厄介払いで、身内からの希望で沖縄に送られるだろうと。精神異常を装っているのか、それとも本当に心を病んでいるのか、視点の定まらない宮田の表情を見守る日々が過ぎてゆくうちに、嫌な事態となった。

「おい、宮田は宮様なのかい」

三浦上等兵が頓狂な声を出した。

「そうじゃない。流れと言ったんだ」

中田兵長が慌てて、三浦の口をふさぐ。

「それにしても、少尉殿じゃねえのか。畏れ多くも特攻隊の勇士様だよ」

口の軽い中田兵長が、宮田のことを三浦に話してしまったらしい。こうなれば防ぎようがない。中隊じゅうに知れ渡るのに数日はかからないだろう。やはり山田班長に知らせておくべきだと隆平は判断した。

「それは困ったな。中隊長からもかたく口止めされておるのだが、中田の奴、どこで聞いてきたのだろう」

「大刀洗で一時一緒だったそうであります」

「中田に注意しておこう」

「騒いでおられるのは三浦古兵殿であります」

「三浦か」と、山田班長は舌打ちした。

「よし、何とかする」

その日のうちに、中田と三浦はこっぴどく油をしぼられたようだ。中田兵長は黙り込んでしまったが、三浦はおとなしくしていない。宮田にあたりちらした。

「おい少尉殿、あんた特攻は嫌だと、逃げ出したんだってなあ、逃げるのは得意なのだ」

意地悪い言葉を浴びせかける。

宮田は相変わらずへらへら笑っているだけだ。それが三浦を苛立《いらだ》たせるのである。

「この野郎、笑って誤魔化そうって寸法かい」

そばからそんな声をかけたのは、三浦の取り巻きの一人、井本一等兵だ。それに古兵仲間の藤田上等兵までが、寄ってきて宮田をいびるのだった。

笑っていた宮田がしまいには、大声あげて泣き出すとさすがにあわてた顔で、「特攻の勇士に泣かれちゃあ、洒落《しゃれ》にもならねえ」などと憎まれ口をたたきながら離れて行く。

「がまんですよ」

隆平は宮田の耳にそっとささやく。そのときちらと振り返った彼の目付きは、正気の人の目だと、隆平は確信した。

間もなく拳銃の射撃訓練がはじまった。飛行場固定無線の通信士に新しく課せられた訓練で、いよいよ転属近しの予感しきりとなった。

日本軍の拳銃はすでに明治時代、南部麒次郎によって研究、開発された南部式自動拳銃として知られている。

改良をかさね小型化された十四年式拳銃が制式採用となり、大正から昭和の軍解散まで製造されつづけ、三八銃とならんで陸軍を象徴する小火器となった。

日本軍独自の八ミリ南部弾を使用、弾倉八発（＋薬室一発）の自動拳銃だ。外見はドイツのルガーに似ているが、メカニズムはモーゼルに近いという。

もともと拳銃は士官、准士官のほか飛行操縦士、戦車兵などが携行する火器だったが、戦争末期のこのころは飛行場通信士にも持たせた。

小銃にしても隆平らに支給されているのは、銃身を短くした九九式だったし、ゴボウ剣と呼んだ帯剣の材質がかわり、抜くときにチーンと鋭い音がした。しかし射撃訓練ではじめて手にした十四年式拳銃は、いかにも量産粗製乱造といった感じに見えた。しかも射撃場での木林教官の言葉は、それにふさわしいものだった。

「飛行場の通信士は最後の最後まで通信機の前から離れてはならん。船の通信士が沈没まで持場を守るのと同様である。攻撃用ではなく護身用だが、もしかすると拳銃は自決用と思っていたほうがよい。本来そうしたものだ」

「なーんだ」という皆の表情を見て、木林が言葉を継ぐ。

「しかしこの火器を使っての戦闘も充分あり得る。そのための訓練である」

昭和十九年（一九四四）十月にはじまったフィリピン特攻は翌年一月までつづいたが、やがて米軍がレイテ島に上陸、敗北した日本軍の撤退がはじまる。海軍の第一航空艦隊は大西中将以下司令部の主立った指揮官、パイロットだけが台湾に撤退した。置き去られた飛行場関係者は脱出の手段がなく、通信兵もふくめて米軍と地上戦を展開、全滅した。

「そんな例もある。電鍵《でんけん》をたたいているだけが通信兵ではないぞ」

それから隆平らは狭窄《きょうさく》射撃一〇メートルの標的にむかって八発、弾倉（マガジン）を換えてカラになるまで撃った。爽快な気分だった。

「カラになった弾倉には弾を装填するが、それはだれがするのか。自分でする」

木林少尉は右手に拳銃を構えて撃ちながら、左手を上着の物入れ（ポケット）に突っ込み、撃ち終わると弾倉を抜き、左手で装填を終えた弾倉を取り出して見せた。これは早業である。

「やってみろ」

言われたとおり、実包とカラの弾倉をポケットに入れ、装填をこころみるが、苦心してやっと一、二発を押し込むのが精一杯だ。それを一時間あまりも練習する。

さて宮田はどうしているか。思い出して彼のほうを見ると、拳銃をにぎった右手をぶらりと下げたまま、ぼんやり突っ立っている。まずいなと気づいた瞬間、三浦が足早に近づいて毒づいた。

「ショーイ殿、撃たずに逃げちゃいけませんぜ」

「逃げてみせるよ。貴様を道づれに」

野太い宮田の声をはじめて聞いた。三浦もおどろいたらしく「なぬ、この野郎」と、上ずった声をあげた瞬間、宮田の左手がすばやく動き、拳銃の安全装置を解除するのが見えた。銃口が三浦の額にピタリと、吸い付くように止まる。

「ぎゃあ!」と三浦がのけぞるところを轟然《ごうぜん》一発、十四年式南部自動拳銃が火を噴いたが、弾は三浦の略帽を吹き飛ばしただけだった。尻もちをついた拍子に持っていた拳銃を放り投げてしまっている三浦に、宮田が二発目を構えた。

「堪《こら》えてくれ、撃たんでくれ」

三浦が泣き声を上げる。宮田は空にむけて八発を撃つと、最後の一発を標的にむけ、みごとに円心を撃ち抜いた。

「よし、それまで! 集合」

木林少尉が号令をかけ、その日の演習を終わる。

中隊長には「暴発があったが、怪我人もなく異状なし」と報告したらしい。それからの内務班はがらりと雰囲気が変わった。三浦ら三人の古兵がおとなしくなったし、小池兵長の態度もよほど神妙になった。

宮田は相変わらず意味のない笑いをうかべ、動作は緩慢で何かと隆平の手を煩《わずら》わせた。


訃報が入る。

六月中旬に出発した沖縄転属の第二陣が乗り込んだ輸送船が、台湾沖で米潜水艦に襲われて沈没、少数の者は救助されたというが詳報なしという。一ヵ月以上前のことなのにその程度の情報しか伝わらない。第三陣も出発したはずだが、これも詳細不明である。

沖縄の菊水作戦は、六月下旬の第一〇次で終わり、事実上沖縄本島の戦いは敗北のうちに終結しているのだが、諸島での交戦はつづいている。

それに米軍は早くも本土攻略を計画、まず九州上陸を狙っているというので、新たな緊張が西日本一帯にみなぎりはじめていた。

八月五日、廊下ですれ違った木林少尉が、隆平にささやいた。

「ザカライアスの放送が終わったぞ。もうあとのことは知らんと、捨てゼリフにも聞こえたが、何かありそうだ。そんな気がする」

特攻兵からの便り

八月七日朝、隆平は美沙子からの手紙を受け取る。

国民学校駐屯のときは木林少尉が寛容に扱ってくれたが、連隊に入ってからは、徳丸准尉が担当して、熱心に検閲する。

温厚で教養のある風格をそなえ、兵隊の心情もよく理解する——准尉という階級の属性そのままの徳丸准尉殿だ。

「きょうのは分厚いなと思ったら、別に君あての書状が入っておる。美沙子という人はたしか君の恋人だったな」

「そうであります」

「この美沙子さんはM・Kというイニシャルの書状を開封せずに送ってきたが、オレとしては中身を改めないわけにはいかぬ。よいか?」

「よいであります」

書状の宛名は「東京市蒲田区羽田、日立航空機羽田工場気付、深田隆平殿」となっている。羽田工場に勤務する美沙子が転送してくれたのだ。

徳丸は鋏《はさみ》を使って丁寧に開封し、中身を取り出した。便箋紙二枚に鉛筆書きした手紙である。

「これはちょっと問題だなあ」

読み終わった徳丸准尉が、薄い口ひげをなでながら言った。

「なんでありますか」

「読んでみるか」

准尉が渡してくれた。

取り急ぎ一筆します。自分は今、台湾のある基地におります。間もなく九三中練で特攻出撃します。なつかしい赤トンボでの出撃とは思いもよらぬことでした。羅針儀下の貴方の一文を発見し、最後のお別れを告げたくなりました。深田さんが誠心整備された栄光の赤トンボを操縦して行きます。

かなわぬまでもやれるだけの事はやってまいります。これは町の人にたのんで投函してもらった違法の手紙なので匿名にします。読後、焼き捨てて下さい。

自分も消えます。貴方の未来に祝福を。その未来のなかに俺の時間も少しばかり入れてください。

昭和二十年七月二十三日　M・K

深田隆平様

「問題はあるが、もう事は終わったあとだろう。英霊に敬意をはらって、見なかったことにする」

「ありがたくあります」と、言ってから、「本当にもう終わったことでしょうか」と、やはり訊《たず》ねずにはおれなかった。

もう八月に入っているから、七月下旬の特攻出撃は終わっているはずだった。

「乗る人も飛行機も可哀そうであります」

――M・Kさん早まっちゃあいけん！　もう戦争は終わるんじゃ。そう言ってやりたい。

「そうだなあ、七月二十三日以降、台湾から出撃した特攻隊について調べてみるか」

徳丸准尉は調査を引き受け、数日後、隆平を士官室に呼んで言った。

沖縄作戦は六月にいちおう終わった。七月下旬に台湾から特攻が出たという記録はないそうだ。そのM・Kとかの手紙の日付が間違っとるんじゃないか」

隆平は手紙をあらためたが、七月二十三日とはっきり書かれている。

「情報が錯綜《さくそう》しちょるからなあ。おい、ところで君はその飛行機に落書きしたのかね」

「落書きと言われれば、そうでありますが、決して不真面目な気持ちではないのでありますから、武運長久を祈ったのでありますが、今思うと、この飛行機は練習機でありますから、武運など祈るのではありませんでした」

「もう特攻の飛行機は、あらかた撃墜されて、役に立つ実用機は残っておらんのじゃろう。それにしても練習機まで駆り出すとはなあ。赤トンボとはいったいどんな飛行機かね」

「木枠《きわく》に布張りです。プロペラも木製であります。エンジンだけが金属です。時速三〇〇キロで飛ぶのは飛びますが、それに軍艦を沈めるだけの大きな爆弾を積むなど無茶苦茶な話ですね」

「戦争だからなあ、そんなことってあるんだなあ。オレが聞いたところでは、ゼロ戦があらかた撃ち落とされたので、急遽《きゅうきょ》後継機づくりに着手したそうだ。グラマンに負けぬ〝烈風〟という勇ましい名の新鋭機だそうだ」

「どこで作っておるんでしょうか」

ゼロ戦の後継機なら三菱あたりにちがいないのだが、まさか日立羽田で作っているのではなどと、隆平はやはりそんなことを思う。

「それはわからんが、今ごろ試作機が出来あがったのだろうが、いずれにしても泥縄だな。君が作った赤トンボで戦うしかなかったのだろう。M・Kが乗った赤トンボはどうなったか。そのうち何か情報が入ったら教えてやるよ」

「思いついて刻んだひとことに、コダマが返ってくるとは思いませんでした。この特攻隊員は自分と運命を共にする練習機の赤トンボがいとおしく思えたのでしょう。優しい男だったのですね」

「特攻を志願するのは、みんな優しい男たちだよ。国のために、愛する家族のために命を投げ出すというのじゃからな」

「みんな志願したのでしょうか。志願のかたちで命令された人もいるんじゃないでしょうか」

「それを言っちゃおしまいぞ。微妙なところだが、志願して勇ましく散ったとせんければ、仏さんも浮かばれまい」

「自分らもすぐ沖縄転属ですが、これも志願でありますか。命令されて死地におもむく。われわれも一億特攻の一員でありますか」

「深田、おぬし、ちと口数が多いぞ」

徳丸が目を剝《む》いたので早々に退散したが、たしかに隆平らにしても、中隊の半数近い者が生死不明のとき、長い寿命ではなかったのだ。

隆平はすぐ美沙子に返事を書き、M・K氏の手紙も同封して、そちらで保存してくれるように頼んだ。


まさか特攻機になるなどということは、夢にも思っていませんでしたが、あの赤トンボの乗降用足掛けに、穴守稲荷の「守り砂」をひとつまみ振りかけておいたのです。

その赤トンボに搭乗したM・Kさんが、武勲をたてたのち、沖縄の海で安らかに眠っていてくれることを今は祈るばかりです。

M・Kさんの実名や家族の住所がわかるようなことがあれば、知らせてください。できれば僕がもらったM・Kさんの手紙も見せてあげて下さい。

なお僕は元気です。ますます元気です。

第六章　断末魔

ポツダムの脅し

沖縄戦は終わり、この戦争さえ終わろうとしている。「無条件降伏」かどうかと終戦の交渉が裏ではおこなわれているというのに、練習機の赤トンボまでを特攻機に仕立てて、若者を死に追いやる命令をだれが発しているのか。

ひとごとにあらず、隆平らだってこの期に及んで、まだ沖縄転属とか何とか、輸送船が撃沈されて大量の戦死者が出たという情報に、決死のこころが揺らいでいるのだ。転属で内務班の半数がいなくなっている。

兵舎の中はしーんと静まりかえっていた。練兵休《れんぺいきゅう》の日曜日のような空気がよどんでいる八月八日の午後、隆平は木林少尉から呼び出された。

「これを見ろ」

と、木林はその日の新聞を広げ、「広島に新型爆弾」という見出し文字を指さした。

【大本営発表】（昭和二十年八月七日十五時卅分）

一、昨八月六日広島市は敵B29少数機の攻撃により相当の被害を生じたり
二、敵は右攻撃に新型爆弾を使用せるものの如きも詳細目下調査中なり

二日前のことだ。

「新型とは何か、わかっとるな、原子爆弾だ」

ああ、原子爆弾。日中戦争がはじまった少年のころからその爆弾のことは聞いている。マッチ箱の大きさで軍艦が轟沈《ごうちん》できる原子爆弾は、日本でも仁科芳雄博士たちが研究中といった話は「子供の科学」でも読んでいた。

それは押川春浪の空想科学小説『海底軍艦』など吹っ飛ばす夢の兵器だった。それはあくまでも夢であり、実現するにしても遠い未来のことだとだれもが思いながら、しかしそんな兵器を手に入れたときのことを夢想したりもしたのだ。悪魔は隆平の中にもいた。

「ドイツも研究していたというが、アメリカが先に成功したのだな」

「ザカライアスの捨てゼリフというのは、それだったのですね」

「それだけじゃない。ポツダム宣言だよ」

「ポツダム宣言？」

「サンフランシスコ放送でなんとなく聞いていたのだが、政府もそれを突き付けられたことを隠しきれなくなり公表した。これがその日の新聞だ」

アメリカ合衆国大統領トルーマン、イギリス首相チャーチル、ソビエト連邦共産党書記長スターリンの三カ国首脳が、ベルリン郊外のポツダムで会談、日本にたいする無条件降伏を勧告した文書を、昭和二十年（一九四五）七月二十六日に公表した。それがポツダム宣言だ。

日本政府は新聞発表にあたって、宣言の内容に公式な言及はしないと閣議決定したが、鈴木貫太郎首相が記者会見の席上、見解を表明しろとの強硬な質問に負けて、「黙殺する」と言ったことに尾ヒレをつけて報道された。

「笑止、対日降伏条件」とし、「老獪《ろうかい》な謀略」「戦争完遂に邁進《まいしん》、帝国政府問題にせず」と強気の論調で紙面を埋めつくしている。

「鈴木貫太郎首相が言った〝黙殺〟のひとことが、原子爆弾投下に奴らを踏み切らせたのだ」

「いったいポツダム宣言って、どんなことを要求しちょるのです」

「そこにあるとおりだが、簡単にまとめるとこんなことを言っている」

一、世界征服の挙に出た権力、勢力の永久除去。

一、日本の主権は、本州・北海道・九州・四国と連合国の指定する小島に限定される。

一、日本軍隊の完全な武装解除。

一、戦争犯罪人の処罰と民主主義的傾向の復活強化の障害の除去。

一、日本経済と産業の維持の保障、再軍備産業の禁止。

これらの目的が達成され、責任ある政府が樹立された時点で占領軍は撤退する。

「日本政府は即刻、全日本兵力の無条件降伏に署名し且つ適切なる保障をなすこと、然らざるにおいては直ちに徹底的破滅を齎《もたら》さるべきこと。この最後の徹底的破滅ちゅう脅しが、原子爆弾投下だったんですね」

「そうだ、それにまだ日本政府は気づいていなかったのだ」

「ポツダム宣言を日本がただちに受諾した場合、アメリカは原子爆弾を落とさなかったでしょうか」

「振り上げていた手だからなあ」

「せっかく完成した新兵器だし、まだ戦争状態ですからね」

隆平らは、ちょっと顔を見合わせた。米軍が二発目の原子爆弾を長崎に落としたのは、その翌日だった。

輸送船撃沈

八月十日、中田兵長と古兵の三浦上等兵ほか二名の訃報が入る。やはり輸送船を米潜水艦に沈められたためという。

ついさっきまでそこにいた人間が死んだというのは、嘘のような話だ。軍隊では死というものが、まったく軽率にというしかない日常茶飯事のような顔をして、不意に訪れてくる。隆平が生死に鈍感になっているのか、身を震わせるほどの悲しみがない。

「そうか、あいつもやられたか」と、暗い表情をして思うくらいのものだ。

出かけるとき、あの三浦が満面の笑みをたたえて、

「深田、世話になったなあ」

と、最敬礼に近く低頭した。人は別れるときだけ、どうしてこうも好ましく、親しく懐かしい思いにひたることができるのだろう。なんだか老いを感じさせるような三浦の後ろ姿を描きだして、泣いてやろうとしたが、ただ茫然《ぼうぜん》としているだけで、涙が出ないのだ。

そんなとき、美沙子の手紙を受け取った。いやにはしゃいだ調子で、

「十二日に母と面会にまゐります。待ってて！」とある。

隆平が外地に出ることがあれば、今のうちに、今生の別れをと意を決したらしい空気を感じた。

——今、こられたら困る。

自分でも意外だったが、そんなことを思ったのだ。おそらく数日のうちに転属命令を受けるという予感が、脳髄の中を走りまわっていた。おのれの死期をさとる動物の本能だったにちがいない。

ここで美沙子に会ったら、泣き崩れるか、一緒に逃げようとでも言いだしかねない。とんだ醜態をさらすことになりそうだ。

ある特攻隊員は基地に面会にきた妻を愛機に乗せて出撃したという。通信隊ではそんな洒落たまねはできない。

思案に余って木林少尉に打ち明けると、彼はからからと笑って言った。

「まあ会ってからの勝負だな。要すれば、逃げろ。今は手薄だよ。一人くらい兵隊がいなくなっても、捜索隊を編制したり、憲兵が出動したりすることはない。みんな浮足立っている。だれが脱走兵を血眼で追いかけるかね。一年か二年、いやそれほどもかかるまい、隠れていれば、世の中ひっくり返っているよ。軍隊など解体されているだろう」

おどろきはしたが、その手もあるかと一瞬うなずきながら、その日をやりすごす。翌日、またつづけて美沙子からの手紙が届く。面会にくる日の変更を知らせる速達便だった。

隆平さま

十二日日曜日の面会日にと、あれほど心をおどらせてゐたのに、どうしても汽車の切符がとれないとわかつたのです。

日曜日でなくとも特別の用事なら、面会ができたといふ話を母が聞いてきましたので、とにかく十四日にそちらにゆきます。

会社の休みもとれましたし、どうしてもお会いしたいのです。もしもだめなら、あなたが暮らしておいでの兵舎だけでも目におさめて帰ります……。

その美沙子の手紙によると、川崎高女の同級生の家が大阪の京橋に移り、近くの京橋の女学校に転校して、卒業後は同地の工場に就職している。その彼女の家に泊めてもらい、十二日朝早く福知山線に乗る予定だったが、篠山訪問は十四日になるというのだ。

「面会日は日曜日と決まっとる。残念だが、むりだな」

検閲した徳丸准尉が気の毒そうに言う。

途方にくれているうちに、転属命令を受け取った。それも十二日の日曜日のことである。進発は十三日という。山根親子が篠山入りする前日のことだ。こうなればもうどうにでもなれと、ようやく肝が据わってきた。

「転属の者、舎前に集合！」

「たまの日曜日、ゆっくりさせてくれよ」

ぶつくさ文句を言いながら営内靴を引きずって、ぞろぞろ集まったのは約五〇人、これが最後の沖縄転属組だろう。憂い顔の第三一航空通信連隊の兵隊たちだ。いわば決死隊である。ひょっとしたら、特攻隊の出撃前の集合もこんなものかと思う。

中隊長大橋大尉の簡単な訓示がある。隆平は二週間前に着任したばかりのこの人と会話を交わしたことが、まだ一度もない。

顔が赤いのは、朝酒でも飲んでいたのだろう。まあ日曜日だ、まさか転属命令が出るなど予想もしない日だから、中隊長殿の飲酒を非難するいわれはないが、戦時下である、朝っぱらからとは不謹慎ではないか——。いろいろあって隆平がやや過敏になっている朝である。

黒縁のメガネをかけた背の高い彼は、航空士官学校出のエリート職業軍人らしいが、どんな軍歴を持っているのか、だれも知らない。

「目的地某所とは、どこでありますか」

何か質問はあるかと中隊長が言うので、隆平は訊ねた。

「そのようなこと、兵が知る必要はない」

中隊長は、隆平の顔を見ず遠方に視線をむけたまま答えた。これは傲岸というよりも、無礼な態度だ。

「特攻隊の人々も、目標を告げられ、それをめざして激突するのでしょう。われわれも自分の死に場所ぐらいは教えてもらいたいであります」

「軽々しく特攻隊を口にするな。貴様たちとは違う」

はじめて中隊長が隆平の顔を見た。

「どう違うのでありますか」

「特攻隊は軍神である」

「兵隊は靖国神社に入っても軍神にはなれんちゅうことですか。神様になろうとは思いませんが、目標も告げず死にに行けというのは理不尽ではありませんか」

「兵隊とはそういうものである」

「将校は神様みたいな人でしょうが、われわれは人間でありますから、せめて死にゆくものへの敬意をみせていただきたい」

「貴様、何が言いたいのだ」

「沖縄転属の名で出て行ったものの半数は、戦死しています。輸送船が敵潜水艦に撃沈されたためというが、その詳細は知らされておりません。沖縄の陸上戦は終わったと聞いていますが、その近海にまだ潜水艦はうろついておるのでありますか。そこへわれわれは送られて行くのでありますか」

「黙れ！　貴様、ぶった斬るぞ」

中隊長が怒鳴り、軍刀の柄に手をかけて隆平を威嚇した。

「中隊長殿、その兵の言うことを、少し聞いてやろうではありませんか」

後ろのほうから声がした。木林少尉だった。

「なんだ木林、貴公、兵の肩を持つのか」

「肩を持つのではないが、その兵の言うことには一理あり面白いじゃありませんか。私は聞いてみたい」

「貴様も同罪だ、ぶった斬ってくれる」

大橋がいきなり軍刀を引き抜いた。

「面白い、お手向かいしますぞ、私はまだ剣道五段で全日本剣道大会で優勝はできなかったが、準優勝はしています。航空士官学校出の猛者《もさ》となら相手にとって不足はありません。広い場所で立ち合いましょう。ではどうぞこちらへ！」

「アハハ……。シラノ・ド・ベルジュラックだな」

聞き覚えのあるその突然の声は、宮田二等兵だった。彼は転属したはずだった。厄介者はそれで消されたものと思っていたのに——。

「まあまあ、まあ……」

そのころになってもう一人出てきたのは、徳丸准尉である。彼は中隊長のそばに駆け寄り軍刀を鞘《さや》に納めさせ、「きょうは解散、解散」と、皆を追い立てて営内に引き上げさせた。

「深田は、木林さんに預けます。あとでわしのところへこい」

言い残して、徳丸は中隊長室に消えた。

大橋中隊長は酒に酔っていて話が錯綜《さくそう》した。木林少尉はお咎《とが》めなしということで一件落着した。どうやら徳丸准尉がうまく裁いたようだが、隆平には厳重注意の沙汰がくだった。

一段落したところで隆平は宮田に訊ねた。

「どうしました。てっきり輸送船で海の藻屑《もくず》かと思うていましたよ。こんどは桟橋から逃げ出したのですか」

「それに近いが、発病だった、本当の病気です」

宮田はすっかり普通の人間になっている。

「高熱、下痢で伝染病と思われて神戸の病院に隔離されたのです。治ってまた舞い戻りです。でも気は触れたままですよ」と、ペロリ、舌を出すしたたか者だ。三浦がいたらどんな顔をするだろう。

「そうそう。三浦は死にましたよ」

「……………」

そのときだけ宮田は哀しい表情を見せた。そうだ。彼なんかにかまってはおれないのだ。隆平は落ち着いてはいられんのだ。山根照子と娘の美沙子が、篠山にやってくる日である。

木林少尉が衛兵司令に親子が訪ねてくることを伝え、とにかく知らせてくれるように頼んでいるが、正午を過ぎても連絡がないのだ。午後三時、隆平を呼んだ木林少尉がうかない顔をしている。不吉な予感がした。たいていそれは当たるのだ。

「美沙子さんといったな、京橋の友人の家に泊まると言わなかったか」

「はい、言いました」

「十四日、きょうのことだ。午《ひる》ごろ大阪に空襲があって大阪造兵廠《ぞうへいしょう》と近くの京橋駅がほぼ壊滅したらしい。関係ないかもしれんが、いちおうお前に知らせておく。ポツダム宣言受諾というのに、まだ空襲か。外道め！」

「やられたな！」

「そう思うか」

「思います。これから行ってきます」

「京橋へか」

「調べてみます」

木林はすぐに外出許可の手続きをとってくれ、一〇円札三枚と一緒に公用の腕章を渡してくれながら、「戻ってこなくてもよいぞ」と、隆平の耳にささやいた。

再会の誓い

京橋にたどりついたのは夜だった。暗くてよくわからないが、盛り上がった鉄骨の残骸の中で、大声をあげる人々の影が動いている。被害者の捜索がまだつづいているのだろう。

京橋駅は壊滅ということだったが、半壊に近い被害で焼け焦げた臭いに死臭がまじって、廃墟《はいきょ》となったあたり一帯が、闇の中に横たわっている。

美沙子たちは、本当にこの場所にいたのか、そんなことはまったく確かめようもない。

すべては明るくなってからのこととあきらめて、その夜は付近の宿屋に泊まろうしたが、そんなものが見つかるはずもない。うろつきまわった末に、焼け残りのビルのコンクリートの壁にもたれて野宿した。

朝になりあらためて破壊された京橋駅の瓦礫《がれき》を茫然と眺めて立っていると、駅員らしい男がきたので、尋ねてみる。

「ここは駅のどの部分ですか」

「片町線のホームのあたりで、この上の高架の城東線を突き抜けた一トン爆弾が爆発したのですよ。ここに避難していたお客さんが仰山死にはりましたで」

死体はあらかた収容されたが、被服の胸に縫い付けた名札などで身元がかつがつ判明している者約二〇〇人、不明は五〇〇人とも六〇〇人ともいわれる。

八月十四日正午過ぎ、大阪城内の陸軍造兵廠を襲ったB29爆撃機の編隊一四五機が、一トン爆弾をばらまいた。内四本がそばの京橋駅に落下、たまたま四両連結の電車が入り、降りてきた乗客が城東線の下にある片町線ホームに逃げ込んだ。そこに城東線のガードを突き破った一トン爆弾が落ちてきて爆発したのだった。

もし美沙子と母親の照子が、いたとしたら……。

身元判明した死体の名簿が張り出されたが、二人の名は見えない。あと数百の遺体は損傷がひどくて、すぐには男女の区別もできないという。

あるいは美沙子も照子も、そのとき京橋駅にいなかったかもしれない。そろって連隊に訪ねてきているかもしれない。

隆平が、三一航空通信連隊に復帰すべく大阪を出発したのは、「玉音放送」がはじまる八月十五日正午前のことであった。

隆平が篠山の連隊に戻ったのは八月十六日、つまり敗戦の報に連隊長が指揮台の上で号泣した翌日である。沖縄転属が決まっていた者はそのままが顔をそろえていた。

さすがに笑い声は上げないものの土壇場で解放された歓《よろこ》びが、表情にあふれている。

「どうだった」と、木林少尉が訊《き》いてくる。なぜ帰ってきたとも言いたそうだった。

隆平は京橋の惨状を説明し、美沙子らの生死不明を告げた。

「訪ねてきませんでしたか」

「これが届いてるぞ」

木林が一通の書状を渡してくれた。美沙子からだった。震える手で、その場で開封する。

隆平さま
あるひは会へないかもしれないと思ひ、東京を出発前にこれを投函します。予定の切符が取れなかつたり、なんだかまた妙なことが起こりさうな気がしてならないと母が言ふのです。心配性の取り越し苦労に違ひないのですが、わたくしも今考へてゐることをみんなここに書いておきます。あなたは六郷川の川面に映つた夕焼けのいろを覚えてゐますか。六郷川の川面に映る夕焼けのいろは、あなたが作つた赤トンボの羽のいろ。あなたが作つた赤トンボの翼に抱かれて、わたしは行きたいあなたのおそばに。わたしは覚えてゐます。六郷川の川面に映つた夕焼けのいろを。六郷川の川面に映る夕焼けの中で、ふたりが交はした再会の約束を。わたしは忘れません。六郷川の川面がはね返す夕焼けを浴びて二人が交はした誓いの言葉を。

美沙子

終焉を告げる狼煙

復員がはじまった。みんな潮が引くように、いそいそと故郷に帰って行く。

「中央からの指示だ。腐れ縁と思ってつきあってくれ」と木林が機密文書の焼却を手伝えという。隆平が快諾したのは、このまま兵営にとどまっていれば、美沙子が生きていて、連絡してくるかもしれないからだった。

「兵隊はサンフランシスコ使役で占領軍に拉致される」というデマもながれていて、大慌てで復員して行った者もいる。

「僕もつきあいますよ」と、すっかり普通の人になった宮田が寄ってきた。舎後の広場に穴を掘って、機密か何かわからないが、事務室にある書類を片っ端から焼いていく。数日間、日本軍の終焉を告げる狼煙《のろし》のように、白煙が高く立ちのぼった。

そんなころ隆平と宮田と木林少尉が大橋中隊長に呼び出された。

「お互い今は地方人だ。虚心に話しましょう。君たちには相済まんことだった。もうお会いすることはないと思うので、ひとこと言っておきたかったのです」

「いえ、私こそ失礼しました」

真っ先に議論を吹きかけたのは隆平だったから、まずそう言った。

「深田君だったね、君はこれから何をしますか」

「まだ決めていません。エンジニアは用済みのように思うので、何か新しい道をゆっくり考えます」

「君は宮田君、辛い思いをさせました」

「いや、結構快適にすごしましたが、参考までにひとつお訊《き》きしたいことがあります。僕を沖縄転属に回したのは、軍の采配ですか、本家筋の意向ですか」

「それは言えない」

「なぜか！」

突然、宮田の口調が怪しくなり、上衣の物入れから、十四年式拳銃を取り出した。

大橋が脅えた。

「宮田さん、宮田！」と鋭い声をかけて、木林が彼の腕を取り、外につれ出し、その夜、木林の部屋で、宮田を交え話しあった。

「どうせ負けるに決まってるこの戦争で、消耗品となって突っ込むだけでは、オレの人生面白くないな、どうしても許せない奴が二人いる。あいつらを殺してからでも遅くないと、途中で思いついたのですよ。ツレもいましたからね」

「それで生還し振武寮《しんぶりよう》に入ったのですか」

「振武寮にもいましたよ。許せない奴が」

「それで、これから、やるつもりですか」

「つもりです。戦友の仇《かたき》を討つ。戦争は終わってしまったから、あとは自決するしかない。どうせ華族のメカケの子の行く末は、たかが知れたものだからね」

「宮田さん、それはつまらんなあ、つまらんよ」

「そうだ、戦友も喜びませんよ」

隆平もそばから言った。

「せっかく拾った命じゃないか。これからの祖国のために、何か役立ててこそ、戦友たちも納得するんじゃないか。平和のために生きていくのも残った者の使命だ」

「命があることは、すばらしいことだと、八月十五日に痛感したばかりじゃありませんか」

交互に口説かれて、宮田も何か考えはじめたようだった。そのとき木林が慌てて
「おい、こうしてはおれんぞ」と言い出した。

「大橋が手をまわすかもしれん。なにしろ拳銃をちらつかせたのだからね」

「さ、急いで」

宮田をせきたて、木林はなにがしかの札束を渡したようだった。

「ご親切は忘れない。将来、気がむいたら、ここへ連絡してみてください。多少、役に立てるかもしれない」

と、宮田は住所と本名を書いた紙を木林と隆平にわたして旧暦中秋の月明の中に消えた。

「俺たちもどうやらお別れだな」

しんみりと言いながら、木林は隆平にもかなり分厚い一〇〇円札と一〇円札の束をくれた。

「遠慮するな、みんなに配ったより少しばかり多いが、残務整理の報酬と思ってもらいたい。大橋中隊長と同額だ」と笑う。

「あなたと出会えてよかった」

「俺もだ。それで、お前どうする。親元に帰るのだろう」

「その前に、この足で東京に行きます」

「そうか、美沙子さんか。会えるといいな。いや、会えるよ。武運長久を祈る」

隆平らは衝突するように激しく、軍服の抱擁を交わして別れた。地一号無線機にも、武器にも、篠山盆地の積乱雲にも、別れるべきものにはすべて別れた。そしてまだ別れていない人を慕って、深田隆平は東京へむかう。六郷川に思いを馳《は》せながら。

訣別

隆平が東京を離れてから、まだ一年も経っていない。そのあいだの東京大空襲によって、帝都は瓦礫の街になっていた。

鬼畜米英というのは、戦う相手をそう呼んだのだが、戦う相手などではなく、まさに一方的な鬼畜の所業としてでしかこの惨状は見られなかった。その廃墟の隙間は、びっしりと死体で埋められていたのだ。

隆平は阪神地方を爆撃した敵機B29の逃げ道のような丹波篠山に避難していたにすぎない。夜、隆平のいた兵舎の窓から望む南の方向に、巨大な焚火《たきび》とも見えるぼんやりとした明るみが闇の底を照らしていた。どろどろとかすかな音が黒い大地を這《は》って伝わってくる。大阪や神戸が焼かれるそんな遠景が、隆平にとって唯一の戦場体験だったのだ。

しかし彼が実家のある中国地方に帰っていく途中、乗換駅の広島で、大きな鉄骨のひん曲がった構内を抜け、駅正面に出て眺めたのは、一望千里のまるで整地した広大なテニス・コートのような焦土だった。

そのとき感じた寒々とした恐怖よりも、コンクリートの土台を残した東京の焼け跡に奇妙な人間臭さを感じると言ったら変だが、同じ近代戦でも原爆はまったく異質の凶悪な兵器であることを知ったのだ。

人類のやる戦争の虚しさを呪いながら、隆平は懐かしい羽田にたどりついた。日立航空機羽田工場は見る影もなかった。

穴守稲荷周辺の住宅は焼夷弾攻撃を受けてあとかたもなく、バラック小屋に寝起きする人々に山根親子の消息を訊ねると、一人の老女だけが知っていて、大阪に行ってくるから留守を頼むと言われたきり連絡が絶えたという。

そのころすでに山根親子もこんなバラックに住んでいたらしい。美沙子は隆平を心配させまいとして何も知らせてくれなかったのだ。親子が住んでいた小屋には、浮浪者が入り込んだがすぐに解体されたとかで、跡はサラ地になっている。

疲れた足どりで六郷河畔に出た。ベンチはそのままの位置に壊れている。荒廃した風景のなかで、夕焼けだけが、あのころと同じ美しい色をとどめていた。

——美沙子はどこにいるのだ。

隆平は最後にもらった手紙を取り出す。

あなたが作つた赤トンボの翼に抱かれて、
わたしは行きたいあなたのおそばに。

おうおうと号泣する隆平の声が六郷川の川面を伝って、夕日の中に消えた。隆平二十歳、美沙子は十八歳だった。戦火の季節にめぐりあった二人の初恋は、そこで終止符を打った。

第七章　蒼空の彼方へ

世紀末の歳月

昭和二十一年（一九四六）の春、深田隆平は失業者だった。

羽田の航空機会社は潰れてしまい復職など願うべくもない。山口から疎開した広島に根をおろしている両親を残して家を出た隆平は、周防灘に臨む小都市で印刷業をいとなんでいる友人を頼った。余裕はないが、わずかな給料でよければと雇ってくれた。

木林がくれたかなり高額の現金は、インフレで目減りしつつあったが、当分の生活を支えるには充分だった。

そのころ偶然、諏訪根自子のヴァイオリン・リサイタルが山口市であることを知った。フィリピンのルソン島バギオ北方で戦死——餓死だった——した次兄が諏訪のファンで、憧れの人だった。家にレコードもあったし、何度かは聞かされている。死んだ兄に代わるつもりで、その日隆平は会場のケイセン講堂——のちの山口大学経済学部講堂——に駆け付けたのだ。

大正九年（一九二〇）生まれの彼女は、そのとき二十六歳である。十二歳でデヴューした「天才少女」がヴァイオリンを抱いたセーラー服姿は新聞にも載り、少年だった隆平も記憶している。

渡欧した諏訪根自子は、ヨーロッパ各地で演奏活動を展開するが、特にナチス・ドイツから大歓迎されベルリン・フィルの常任奏者として活躍、「日独友好」の政略にも引き込まれた。

ナチス宣伝相ゲッベルスが、ストラディヴァリウスを彼女に贈呈したことも知られていて、戦後「ナチスがユダヤ人から徴発したものではないか、ドイツ政府を通じて返還すべきだ」という声も上がった。パリを脱出後、米軍に強制収容されたりもしたが、このストラディヴァリウスを大事に持ち歩いた根自子は、決してそれを手放すものではなかった。

因縁の愛器で彼女が何を演奏するのか、心を躍らせて会場に行くと、占領軍兵士がぞろぞろやってくる。山口市に進駐してきたのはオーストラリア軍らしいが、隆平の目には終戦の前日、恋人を爆弾で殺したアメリカ合衆国の兵たちに見える。

占領軍主催の演奏会であり、日本人は特別に招待された人しか入場できないという。

みすぼらしい恰好《かっこう》の敗戦国日本の復員兵たる隆平は啞然《あぜん》として立ちすくんだ。

同時に強烈な記憶を彼に焼き付けた光景が、占領軍さしまわしの車から降りてきた黒いドレスのうら若い女性の姿である。諏訪根自子だった。提げていたのは、ストラディヴァリウスにちがいない。

玄関に整列した占領軍の高級将校と鷹揚《おうよう》に握手を交わし、颯爽《さっそう》と会場入りする日本人女性の姿は、小気味よく感動的だった。戦争の世紀にどっぷりつかって生きてきた隆平が、芸術文化に国境のない事実を目撃した最初のときだった。

国破れても、たしかに山河は残る。その瓦礫《がれき》の国土にかこまれて、羅針儀を失った二十歳の青年が、ある方向にむかう何かを得た瞬間であった。危険ひしめく未来に挑ませる天啓が隆平の脳内にひらめいたのは、出来の悪い弟のために、泉下の兄が諏訪根自子の誇りに充ちた秀麗な横顔を見せてくれたのだ。

それから悪戦苦闘する隆平の夢魂の航跡が、九三式中間練習機の推進気流の中に吸い込まれるまでは、茫々《ぼうぼう》六〇年の歳月が必要だった。その間、隆平が新制の大学を出て会社員、教員、新聞記者などを経たのち、文筆生活に入ったのは昭和四十五年（一九七〇）だった。幕末、明治維新を背景世界とする歴史小説や史伝など一〇〇冊ばかり本を出したところで気づいてみたら八十歳を迎えていた。そこではしなくもわが青春の赤トンボに再会した。そんな感慨もある。

平成十二年（二〇〇〇）の末、隆平は老妻とつれ立って、ヨーロッパを旅した。岩倉使節団『米欧回覧実記』の旅程を検証する取材旅行から八年ぶりの再訪、ある場所では再々訪だった。

二十世紀最後の大晦日のカウント・ダウンを、今生の思い出にパリで見ようというのであった。隆平ら二十世紀の子が、この世紀を見送るにふさわしい場所をパリに決めたのは、セーヌ川左岸のアンバリッド（廃兵院）に元治元年（一八六四）の攘夷《じょうい》戦で仏軍に鹵獲《ろかく》された長州藩の青銅砲があるからだった。

昭和四十一年（一九六六）、渡欧のときパリでこれを発見してから三四年間をかけて欧米四カ国に、戦利品として散った長州砲探しに走りまわり、最後にアムステルダムで長府藩製の真鍮砲《しんちゅうほう》と対面したのが、その年の五月、すなわち二十世紀最後の年に、隆平の悲願は達成された。そのスタート地点のパリ・アンバリッドに行くことにしたのだ。

昭和二十年（一九四五）八月、隆平は篠山の航空通信連隊で、かつて自分が手がけた赤トンボ九三式中間練習機で散華した特攻隊員のM・Kからの手紙を美沙子を通じて受け取った。

以来ことあるごとに思い出しながら、匿名の人への連絡ができないまま、いつしか頭に霜を置くまで、不本意な年齢をかさねていることに、いまさらおどろいたりもしているのだった。

こんどのその旅行中、何か読むものをと書店で新刊本を物色中、土井全二郎『失われた戦場の記憶』（光人社）の目次に「赤トンボ特攻隊」をみつけた。旅行鞄《かばん》に入れて出発したが、機中ではなくホテルで深夜から夜明けまでの習性となった時間に読み上げ、落ち着かなくなった。M・Kがその中にいたからである。

パリの大晦日を書き出しにして、二十世紀を通り過ぎた感想を、いまどき流行の自分史的な発想で仮題『昭和史の記憶』として新聞に連載することにしていた。これで著作生活をしめくくる魂胆もあった。それは後回しにして、赤トンボを書くことに決めると居てもたってもいられなくなり、旅程を縮めて帰国し、さっそく執筆の段どりにかかった。

深田隆平が真っ先に訪ねたのはY紙の編集部だった。むかし記者として働いた新聞社で、退職後も何本か連載の仕事をしている。

「内容を変更したいのですが……」

唐突な申し出に当惑している編集委員に、演説調の説明をこころみる。赤トンボ・九三式中間練習機と運命をともにした特攻第三龍虎隊の操縦士たちは、大正末期から昭和初期にかけて生まれた人々であり、それは自分と同世代の若者だった。生き残った者としては、いささかの関わりを持ったその中の一人M・Kが搭乗した九三中練が遺したまぼろしの航跡と栄光の最期を書く使命を果たすつもりで、遅まきに一念を発起した——。

隆平の熱心な説得に折れて、新聞社が赤トンボ戦記の連載を決めるまではかなりの日数がかかったが、とにかく急な思い付きの仕事は軌道に乗った。現在連載中の小説が半年先に終わるので、そのあとに入れようという。準備期間は六カ月しかない。沖縄、宮崎を走りまわる隆平の大車輪の取材がはじまる。

フェニックス椰子の街で

新聞の連載がはじまる前に、隆平は宮古島を取材して史家、狩俣雅夫《かりまたまさお》に会っているが、ほかにもう一人会っておきたい人物がいた。第三龍虎隊とは深い関わりをもつ特攻隊生き残りのパイロットで、どうしても生の声を聴いてみたいと思うその人は宮崎市に住んでいる。

果たして会ってくれるだろうかと、気を遣いながら電話する。特攻生き残りのいかつい男を想像していたが、意外に温厚な応答で「どうぞおいでなさい」と面会を約束してくれた。

短い夏だった。季節は早くも夏の終わりに近づいているのに、なお梅雨のようなじめじめした日がつづいた。

それがやっと吹っ切れ、晴天がつづきそうな予報にうながされ、深田隆平はある人を訪ねて、宮崎市に行く。福岡から宮崎空港まで約四五分、離陸するときの日航機の爆音が大きいのでプロペラ機かと疑った。しばらくして水平飛行となり、ようやく音はおさまった。

タラップを降りて、気づいたがやはり双発のプロペラだったので、カメラにおさめておいた。このごろの飛行機のプロペラは、たとえば赤トンボについていたのとは、もちろんまったく別物である。

赤トンボのプロペラは木製だったので、人なつこい感触があったが、今のものは金属製で、しかも六枚羽根だ。黒くコーティングしたひややかで人をよせつけない獣の臭いがする。

隆平は飛行機への拘《こだわ》りが習性となった自分に苦笑しながら、あとで調べるとこれは高速ターボプロップ機Q400（DH4）という機種だった。Qは低騒音を意味する。プロペラだが、ジェット機に匹敵するスピードと快適性を兼ね備えた新世代の飛行機とか。

赤トンボ世代としては、新世紀の世界にみちびかれる気分で、宮崎空港に降り立つ。フェニックス椰子《やし》が林立する九月なかばの南国宮崎は、初夏を思わせるまぶしいばかりの快晴だった。

空港には、旧海軍の真っ白な艦内帽をかぶった凜々《りり》しい姿で、庭月野《にわつきの》英樹《ひでき》上等飛行兵曹が迎えに出てくれていた。

特攻生き残りの彼は第三龍虎隊の三村隊長とは、昭和十九年二月採用の第一四期海軍飛行科甲種予備練習生（予備練——予科練ではない）の同期生だ。

三村隊長とは石垣島での兵営も一緒だったし、いろいろと話も聴けそうなので、ぜひお会いしたいと、多忙な時間を一日さいてもらうことにした。

庭月野は大正十五年だが、早生まれなので、小学校には隆平と同じ昭和七年に上がった。

一年生の国語の教科書は「ハナ　ハト　マメ」だったが、一級下からは「サイタサイタ　サクラ　ガ　サイタ」に変わり、教科書が色刷りになった。

大正と昭和を分ける分水嶺が、その後もずっとついて回った。隆平らの初対面の会話はそんな話からはじまった。同期の桜、いや同期の世代だ。

千葉県木更津の彩雲《さいうん》特攻基地で、昭和二十年八月十五日の出撃待機中に終戦、生き残りとなった庭月野英樹は、なお矍鑠《かくしゃく》として乗用車に隆平を乗せ、市内を案内した。

ハンドルをにぎる彼の姿勢は、操縦桿《そうじゅうかん》を操作する特攻パイロットの雄姿をふと隆平に思わせる。

「彩雲」といえば、戦争末期に開発された日本海軍最速の艦上偵察機として有名だった。推力を増すためプロペラが大径で直線的な細長い機体に特徴があった。

速度は六〇四キロだが、戦後アメリカがこれを没収、高オクタン価のガソリンでテストすると六九〇キロが出たという。

サイパン島付近を偵察中、F6Fに追われたが逃げ切ったときに発した「我ニ追イツクグラマン無シ」という電文が語りぐさになっている。

彩雲の原隊は横須賀だが、木更津飛行場で爆装（爆弾を装着）特攻訓練をすることになり、要員として優秀な操縦士が各基地から集められた。庭月野は、第三龍虎隊が編成される直前、木更津に転属となる。

彩雲のスピードにたのむ偵察の任務も、戦況悪化とともに特攻に組み入れられた。彩雲の出動を望む各地の特攻実施部隊も多かったが、連合艦隊付属だったので、要求はことごとく拒絶され、出撃の機会は回ってこず、もっぱら訓練の毎日だった。

「いかに最速の彩雲でも、特攻機となって八〇〇キロ爆弾を抱いた爆装機となっては、グラマンと遭遇しようものならひとたまりもありません。毎日薄暮出撃の訓練に明け暮れていたのですが、ようやく八月十五日の出撃が決まったとたんの終戦でした」

沖縄転属直前の終戦という隆平の場合と同じだが、やはり運の強い者が生き残った。これまでに二万時間ちかく空を飛びつづけた庭月野の半生を聞いていると、まさしく強運の一語につきる。

赤トンボによる編隊飛行の訓練中、僚機と接触して空中分解し、墜落死するのを目撃したこともあるという。そうした事故を起こさずに済んだという意味の幸運ではなく、偶然による僥倖《ぎょうこう》が人間を危機から救い出すことが、戦場にはつきものだ。

その最たるものが敗戦の訪れだが、それがもう一日か一週間早かったらと、遺族を嘆かせる負の偶然も少なくはなかったのである。

「私の場合、難を逃れる偶然はしばしばでした」

庭月野の『蒼空の彼方に』と題する著書（私家版）には、大空を棲家《すみか》とした男の数奇な遍歴がつづられている。

庭月野は昭和十七年（一九四二）三月に鹿児島県立薩南工業学校を卒業、大阪陸軍造兵廠《ぞうへいしょう》研究室に就職した。

昭和十八年四月、航空局航空機乗員養成所一三期操縦生となり、飛行機乗りの道を選んだ。それは隆平が工業学校を卒業して航空機会社の新入社員教育を受けはじめたころだ。

昭和十九年一月、庭月野は二等飛行機操縦士免許を取得している。間もなく彼は海軍飛行科甲種予備練習生（予備練一四期）となる。

やがて庭月野が海軍の練習生として、九三式中間練習機を自在に操って大空を飛び回っているころ、隆平は羽田の工場で同じ赤トンボ九三式中間練習機の製作、修理に関与していたのだ。

隆平と庭月野の人生における共通の背景は第二次世界大戦であり、その戦況による濃い翳《かげ》りを生ずる青春期の真っただ中で二人をむすびつけるかすかな絆《きずな》は、隆平が兵役について航空通信連隊の兵隊となり、断末魔の戦闘を展開している沖縄の戦場への転属に脅《おび》えているころ、庭月野英樹はパイロットとして、空襲にさらされる同じ沖縄の飛行場を転戦していたということだろう。

昭和十九年八月、庭月野は予備練から現役編入、上等飛行兵曹に進級して沖縄の飛行場にいたが、翌二十年三月には石垣島に転属した。

それは米軍の沖縄侵攻の直前であり、沖縄本島に残った搭乗員はほとんど戦死した。石垣島転属で難をのがれたものの、この島の平喜名《へぎな》飛行場は温存していた飛行機もろとも兵舎も空襲で焼かれ、さらに艦砲射撃や機銃掃射の危険を避けながら谷川の横穴壕《ごう》で寝起きした。

石垣島で庭月野は三村弘と再会した。三村は大正十四年（一九二五）生まれ、庭月野より一つ年上、隆平と同い年である。

三村は広島県福山の航空機乗員養成所を出たあと第一四期海軍飛行科甲種予備練習生となる。つまり庭月野とは同期の上等飛行兵曹だった。

昭和二十年五月、庭月野英樹と三村弘は一緒に石垣島から台湾の虎尾《こび》基地に転属した。台湾への移送には艦上爆撃機彗星《すいせい》が使われたが、着陸寸前にグラマンに撃墜され命を落とす者もいて、ここでも明暗を分けた。

台湾では九三式中間練習機での特攻出撃が決まり、神風特攻龍虎隊が編制されるところに、生き残った者が舞い降りるかたちとなった。

庭月野、三村上等飛行兵曹が、石垣島から虎尾基地に移ってきたとき、すでに第一次神風特攻龍虎隊の編制は終わっていた。

五月二十五日、沖縄本島沖に集結するアメリカ艦隊をめざして出撃する第一次龍虎隊八機を、庭月野は三村とともに見送るが、ほどなく不首尾の結果を知る。全機がエンジン不調などの理由により、爆弾は海に捨てて与那国島に不時着したという。

ひきつづき第二次龍虎隊八機を編制して六月七日に出撃、これも同じ理由で七機が与那国島に、一機が石垣島に不時着した。偶然というにはあまりにも類似した特攻作戦の齟齬《そご》だった。

新竹《しんちく》基地の司令部が三たび九三式中間練習機による第三次龍虎隊の出撃をくわだてるまでには、しばらく間をおいた。

いずれにしても隊員は予科練出身の一等飛行兵曹、十八歳前後のせいぜい飛行三〇〇時間を超えた程度の「若鷲《わかわし》」ばかりだ。

隊長には上等飛行兵曹で、すでにベテランといえるほどの経験を積んだ庭月野か三村が任命されることがわかっていた。〝首を洗って〟待っているころの六月二十日、庭月野に突然転属命令が出た。行く先は木更津の飛行場だという。

「寿命が延びたな」

と、三村から肩をたたかれたが、特攻隊要員であることに違いはない。彩雲という新鋭機に乗れることだけが、せめて心を弾ませてくれた。

「しかし彩雲特攻隊とは羨ましい。オレたち赤トンボが棺桶とは情けない」

三村はそうも言った。同じ敵艦に突っ込むのなら、たとえばゼロ戦などで華々しくとの思いはみんな同じだろう。そのゼロ戦もほとんど海の藻屑《もくず》になっている。

別れの日、三村は母親にあてた分厚い封書を投函してくれるように庭月野にたのんだ。

「遺書だな」

「そのつもりだ」

「これは母親あてのようだが、恋人には書かないのか」

「書くつもりだが、書けずに行くかもしれん」

「武運長久を祈る」

「貴様もな」

そんな会話を交わした二人が、生きてふたたび会うことは、むろんない。三村は爆装した九三式中間練習機の夜間飛行訓練にはげみ、遠く離れたところで庭月野は特攻機となった彩雲での薄暮出撃の訓練に打ち込むうち、絶望的な戦機は近づきつつあった。

許されざる者

台湾には数カ所に海軍の航空基地があり、第二九航空隊司令部は新竹にあった。また練習航空隊では九三式中間練習機を使って操縦士を養成したが、これを廃止したあと三六機の赤トンボが、無傷のまま翼をそろえて新竹基地に保管されていた。

その赤トンボを特攻機に仕立てようという突飛な案が持ち上がったのは、沖縄戦での特攻によって飛行機が消耗品のように底をついたころだった。

連合軍の沖縄本島上陸作戦が近づいていることに脅《おび》えた海軍航空艦隊司令部の高級参謀たちが考え出した狂気の作戦である。

敵にはゼロ戦を凌駕《りょうが》する強力な戦闘機グラマンが、これも無傷で待ち構えている。文字どおりトンビに立ちむかうトンボである。

戦闘機乗りの一少佐が無謀の愚策として反対をとなえたが無視され、同じ思いの者もいたにちがいないが、沈黙を守りつづけた。

「語り得ぬものについては、沈黙を守らなければならない」というが、臆して語り得ないための悲しい沈黙もある。赤トンボ特攻隊計画はまたたく間に発令となった。

ここで「神風特別攻撃隊龍虎隊」が編制され、石垣島の基地で待機していたゼロ戦や九九艦爆で腕に覚えのある若い飛行機乗りの一群に配属が告げられる。

志願したわけでもないのに司令官は、「諸神の熱烈な希望により特攻を命ず」と、言うのだった。

「諸神」とは何か。特攻で死に行く者を「神」と美化してみせたのだ。

第一、第二龍虎隊の全機が申し合わせたように不時着して、敵艦突入の目的をとげられなかったのは、たしかに不思議な現象と言わざるを得ない。つまり彼らが臆したというより、理不尽な命令への抵抗とみることもできよう。

しかし特攻隊の名誉のために、という解釈がなされていることにも耳をかたむけなければならない。作戦が物理的に無理だったという見方である。

台湾の基地から沖縄本島までの直線距離は約七〇〇キロ、赤トンボの航続距離は一〇二〇キロだが、搭載できるのは三三キロ爆弾二個である。その限界を超え、体当たりして軍艦を撃沈させる威力のある二五〇キロ爆弾を抱かせたのだ。

敵機を避け、一定の低い高度をたもちながらの長距離夜間飛行となれば、相当な経験と技術が要求される。

何とか離着陸がこなせるまでの練習に必要な飛行時間は一〇〇時間。一人前のパイロットに達するまでには七〇〇〇時間だが、まずまずのところで二〇〇〇時間の操縦時間が必要とされている。それでも五年はかかる。

短縮されて一年ばかりの訓練期間を終わり、前線に転属してきた予科練の若者たちなら、せいぜい三〇〇時間だ。

全機が与那国島あたりで力尽き、不時着したことをいちがいに臆したための故意とは言いきれないのではないか。それが仮に故意であり、臆して命令に背き、自分の生命を保存したとしても、人間の尊厳を傷つけることでもなく、不名誉でも決してあり得ないのだと、隆平は思う。

身を安全地帯におき、若者の死を弄《もてあそ》ぶかのように、司令部が意地にでも赤トンボ特攻を成功させようとして、第三龍虎隊の編制にかかったのは、敗戦までわずか半月ばかりを残した七月の末だった。

日本政府がポツダム宣言受諾を迷っている情報は、司令部備え付けの地一号無線機その他の媒体で承知しているはずの高級将校たる司令官が、敢えて第三龍虎隊の出撃を命じた。許されざる者の所業というほかはない。冷静に取材しているつもりだが、いつかやるかたない怒りのような感情が隆平の胸にこみあげてくるのだった。

こんどは沖縄本島に直行させず、いったん宮古島に降り、燃料補給後、態勢を整えて出撃するというもので、やはり八機で編制した。

第三次龍虎隊が基地新竹を出て宮古島にむかったのは、沖縄本島での菊水作戦が終わったあとである。

さらばふるさと

M・Kこと川平誠が、台湾の基地から隆平あての便りを書いたのは、第三次龍虎隊が編制された直後の昭和二十年七月下旬である。

東京の日立航空機経由で、山根美沙子がそれを隆平に転送してくれたときは、すでに第三次龍虎隊の七人が散華したあとだった。

三村隊長が、母親あての遺書を書いて、庭月野英樹に投函を依頼したのは、六月二十日から数日以内、庭月野が木更津に赴任するまでの間である。だから母親が、その遺書を読んだのは、「母上へ、まだ生きて居りました」という文面どおりのときだった。


母上へ、まだ生きて居りました。

もう家では死んだと思つて居られるかも知れない。さうするとあきらめて居られるのに、また手紙など出して、御心配をかけるより、いつそ出さない方がよいかも知れない、などと思つて見ましたが、（以上のことはあまり本気で読まないで下さい）それでも不孝の様な気がするので、よい便があつたのを幸ひ書いてゐます。

いつか一週間に一度は便りをすると約束したことを思ひ起し、〝あんな広言を言わねばよかつた〟と後悔してゐます。

出さなかつた訳もあり、出せなかつた理由もあります。云はなくてもお察しして頂けると思ひます。

六月二十日と云へば田植の時期だつたと思ひます。お忙しい事でせう。お祖母さんを初め皆んな（順序不同は生来の筆不精に依るもの）元気にてお暮しの事と思ひます。

玲子も清子も元気ですか。朗らかな娘に育ててやつて下さい。椙子も目出度く三年に進学したら奉仕作業に行つてゐることでせう。

今は此処に居ますが、どこに行くか解りません。

暖かい微風がそよ〳〵と吹いて、大きな芭蕉の葉が揺れてゐます。

親類にも近所にも御無沙汰ですからお会いになつたらよろしく。

呉れぐれもお体御大切に。

悟兄さんは如何ですか。しつかり養生して元通り御健康なお体になられる様、弘が云つたとお伝え下さい。

台湾○○基地にて

父上へ
天祐神助上にあり。

七度生れ変りて滅敵《めつてき》を期す。
祖母様御両親様の御健康を希《ねが》ふや切なり。
兄上の御快癒一日も早からんことを。
妹達をよろしく。
武運目出度くば靖国の庭にて。

この遺書が書かれたのは、文面からも六月二十日で、庭月野英樹がこれを預かり、投函したのもそのころだから、母親の秀代さんが読んだのは、遅くとも六月末のはずである。

「まだ生きて居りました」という気軽さを装ったつもりの書き出しの言葉が、母親の胸に突き刺さることを、二十歳のこの青年は気づいていなかったにちがいない、と隆平は思う。

こうした環境にある者の筆の勢いとは別に、生来の筆力を思わせる遺文が庭月野の手元にある。三村弘日記のコピーだ。

これは本人死後、別人の手で母親にとどけられたものだが、少なからず意表をつく内容であった。日記というより、やはり遺書なのである。そのことは冒頭のまえがきに「この日記、幾日書きて、オレの遺書となるかを、ふと思いみる。(台湾北部・新竹にて)」と断わっている。

日記帳の口絵らしいページに鏑木清方の美人画が載っており、その余白に万葉ぶりの長歌がしたためられている。

茄子《なす》見れば、わが母思ほゆ。
古郷にさびしく立ちて、
ただ一人、鍬《くわ》にぎります。
灼《や》けただる、あの日のもとに、
老いの身をやすめやらずも、
征《ゆ》きし吾子《あこ》らがあとを守りて、
ひたすらに、わが母は務めたまへり。
骨身刺すあの冬の夜も、
汗しぼるあの夏の日も、

わが母は務めまひらす、
務めたまへり。

三村弘日記抄＝（文意を損なわぬかぎりで語句を省略、修正）

昭和二十年（一九四五）四月三十日――空襲は石垣島よりはるかに稀《まれ》なり。大型機来襲あり。防空壕《ごう》に退避するを、おおむねの日課とす。

オレは死ぬんだと思った。死が悲しいという気持はない。やるんだ。神にこたえて、雲と散るのだ。覚悟はすでにできている。行こう。撃滅に飛び立とう。

五月一日　細雨――家への手紙を書きかけて止めた。もう死んでいると思っているであろうと、暗い廊下を歩きながら一人思う。

五月二日　雨――雨で何も出来ない。トランプ占いをやったりしたが、どうも好《よ》いのが出ない。何もやることがない。雨は絶えず降っている。

内地便があるので手紙でも書こうかと思うてみたが、思うてみたにすぎない。

五月六日　薄曇――ロッキードをはじめて見る。いろいろの仮入隊がくるが、話を聞いてみると羨ましいものばかりだ。

夜映画見学。皆は外出して好い所に行く。

二十一年の命
長くはなかった。
お母さん
まだ私は生きている。
ああもこうもと思いしが、
思いしことのなかばすら
死に場所すらも得なかった。

西暦一千九百四十五年
ついに西欧の獅子ドイツは降伏した。彼だけはと信じていたことも過信に終わったのだ。破竹の勢いで進んでいた彼ではあったが、彼もまた西欧文化に身を起こしたただの一国にすぎなかったことを、今になって世の人々は知ったであろう。

世論に迷わず政治にかかわらず、ただ己の忠節を尽くすのみだ。愈々《いよいよ》もって身の責任の重きを痛感するものなり。

五月九日　晴——外出から帰って見ると、遺骨が安置されている。アレ誰かなと思って見てみると、小糸兵曹のだった。

五月十二日　薄曇——食事後寝る。外出。近いうちに虎尾に行くらし。九三中練で死ぬとは思いもよらず。

五月十三日　晴——午前午後とも休養する。

総攻撃開始さる。玉井の同期生が一人死んだそうだ。今遊んでいるが、この瞬間激烈なる砲火を浴びて死んで行く人もいる。あとから行くぞ。

五月十四日　曇後小雨——官舎に入ってからは別に用事がないので遊ぶばかりだ。ハーモニカを吹いたり、唄ったり朝から晩まで騒いでいる。

だいたい虎尾に行くことがきまったらしい。

九三中練とはちょっと情けないが、我慢して頑張ろう。死に場所。

五月十六日　晴——私がまたここに筆を執ったのは何のためか？　軍人として女々しいとは思ったが……。退屈なためであったかもしれぬ。

それは幼な友達だった克子《かつこ》さんとの思い出を綴ってみたかったからだ。

仮入隊してこの二、三日官舎に移ってからは、暇なものだから、各々が秘蔵している恋人の写真を出して、うわさばかりしていた。したがって私も思い出を戦友たちに語ったのである。

私が語る人はもちろん克子さんだ。克子さんこそは、人に話して恥ずかしくない女性である。彼女を知ったのは高等科一年のころだった。

好いた女はどんな者でも綺麗《きれい》に見えるとよく言うが、克子さんはだれが見ても、美少女だった。夏の朝のような清々しい感じのする人だった。

成績も抜群でいつも級長をやっていた。

目と目を合わせ、好意を示すだけで充分だった。そうした克子さんと別れたのは、農専二年の一月とおぼえている。彼女は広島に去って行った。うすうす別離を予感していたのだが、その前何かの会合があって、一緒の席になったことがあった。

会の終わりで〝暁に祈る〟を合唱したとき、私は灼《や》けるような彼女の視線を感じた。そのまま克子さんは広島に行ってしまった。

いかに農村の風紀がそれを許さないからといって、ひとことも彼女に声をかけられなかった自分の気の弱さを激しく悔やんだのだ。

その後、私は飛行機乗りを志して、広島県福山の航空機乗員養成所を受験した。その帰りに、高梁《たかはし》で偶然克子さんに出会い、ちょっと話したが、彼女がどんなに喜んだか、胸が熱くなるほど私はそれを感じた。

私は克子さんに対して、ただ好きだという以上の感情を抱いていたし、自惚《うぬぼ》れではなく、おそらく彼女もそうだったと思う。それなのにお互いほんの少し寄り添って歩いただけで、言葉少なに別れたのは私の腑甲斐なさのせいだ。克子さんは不満だったかもしれない。

それが永遠の別れとなった。

美少女の面影を抱いて、私は敵艦に突っ込むのだ。そのことを、明日はまた戦友たちに話すだろう。

あるいはもう私のことを忘れているのではあるまいか。それでいい。私はそれでよいと思う。

ただ彼女から受けた好意を胸に散り咲きたいと思うのである。

女々しかったかも知れない。神はそれを許して下さるだろう。

五月十七日　晴——午前八時前後、ロッキードに奇襲され、負傷者若干を出す。

五月二十五日　雨——第二次出撃の命下る。士気旺盛なり。夜宴会あり。粛として春雨激しい。出撃員の句に曰く。「人の事だと思いしに我となりてはこりゃたまらん」

五月二十九日——黎明《れいめい》飛行。

六月一日　晴——黎明飛行なりしが敵機の空襲早く充分に出来ず夜間飛行に変更。逼迫《ひっぱく》した沖縄戦場は如何《いか》に。

六月三日　晴——特攻隊第五小隊に編入さる。いよいよ戦地に向う日が近くなった。

六月五日——年二十一ともなれば愛もあり恋もある。しかしそれらはすべて浮世の夢なのだ。私にとっては夢としなければならない。

〈三村少尉日記終わり〉

すべては夢だと自分に言い聞かせて、三村弘の日記は昭和二十年六月五日を最後にペンをおいているが、死出の出撃を迎えるまで、なお二カ月足らずの時間、生への執着と闘うことになる。

克子という女性とのうたかたの心の交わりが、彼にとって、唯一の恋の記憶であった。この数え年二十一歳の青年の一瞬というべき短い青春をいろどる愛の物語をはぐくんでくれた故郷《ふるさと》への別れの言葉を日記に書き遺し、彼は美少女のまぼろしを抱いて敵艦に突入、帰らぬ人となった。

戦後、息子の日記を読んだ母親の秀代さんが、克子という女性を探し住所も突き止めた。独身で会社に勤めていたが、すでに病死していたという。

もののふの覚悟

古来、戦陣日記を遺した人は多い。矢玉の音を聞きながら生死の境にあって、筆を執る記録者のこころ延《ば》えというものか。それは時代の証《あかし》として後世に受け継がれる。

多くを語れない三村弘の日記の端々に洩《も》れる「九三中練で死ぬとは思いもよらず」

「九三中練とは情けないが、我慢して頑張ろう」というつぶやきには、パイロットとしてのやるかたない思いがにじんでいる。

出撃は夜という悪条件がついている。中古の赤トンボが低空をたもちながら、夜光虫の青い光が浮く波の上を飛ぶ光景が目に見えるようで、エンジン不調、不時着、引き返しが必ずしも故意とばかりは言えない状況が思いやられる。

木製のプロペラ、三四〇馬力のエンジンを、布張りの機体に取り付けて、二五番(二五〇キロ爆弾)を抱え、よたよたと飛びながら敵艦に体当たりせよというのだ。それがオレたちの死装束なのかよという口惜《くや》しさが行間にあふれるのだ。

その上、死の瞬間にむかって圧縮されていく恐怖感との戦いがある。

「人の事だと思いしに我となりてはこりゃたまらん」

出撃員のだれかが詠み遺したという戯《ざ》れ歌を、三村は日記に書き写して苦笑するのだが、その戯れ歌に心情が託されていることを、だれよりも理解しているのも彼だ。

隆平は思う。意志的にでも死を選んだ者が、生への執着に悩んだとして、それを敢えて臆したというべきではなかろうと。いつか読んだ大道寺友山の『武道初心集』は「日々夜々死を常に心にあつるを以て、本意の第一とは仕るにて候」と言い、山本常朝『葉隠』は「武士道といふは死ぬことと見付けたり」と言いきる。サムライは死を恐れない剛毅《ごうき》な精神の持ち主のようだが、これは死への恐怖感に堪えようとするパラドックスにほかならないのだ。死に対する恐怖感の克服をめざす死の美学とは、生への執着を断ち切ってなすべきをなすことである。それが士道というものとすれば、特攻隊の若者は、まさに士道の具現者であった。

人も飛行機も消耗品

人も飛行機も消耗品だった。

「特攻は死ぬことこそ目的であり、戦果ではない」とは、断末魔にあえぐ戦争末期の、もはや前頭葉を石膏のように真っ白にした無能な指揮官たちのうわごとにすぎなかった。

龍虎隊の若者たちは、門出が近づく日々、黙々と準備を進める。三村隊長の日記は、出撃二カ月前に終わっている。

「指先で突かれたら転げ落ちる崖の突端に立って、すぐにでも自分が送られてゆく地獄の底を見下ろす者の恐怖と決意が入り交じる究極の暗黒の心理を味わうのは一緒です。そのまま突っ込んで行く者と、みずからの意思によらず偶然の力で踏みとどまった者との違いがあるだけですよ」

やはり特攻生き残りの庭月野英樹はそんなことを言い、この人も手記をまとめた『蒼空の彼方に』を持っている。同期生の三村弘を隊長とする第三龍虎隊の出撃直前、木更津飛行場に転属している。

出撃前夜までの情景を、特攻隊員みずからが綿密に書き遺した文書はあり得ないことだが、出撃する特攻隊員を至近距離で観察した手記は存在する。

第三龍虎隊の次に出撃が決まっていた第四龍虎隊員の笹井敬三は、昭和二十年八月十五日の出撃を待機中、終戦となった特攻生き残りの一人である。

彼の手記『悲しき羽音』は昭和五十六年（一九八一）に発表したもので、戦後およそ三〇年余を過ぎた時期につづった貴重な体験記である。

生々しい記憶にもとづく冷静な筆致で、三村隊長ら第三龍虎隊の出撃を見送ったときの様子を詳細に記録している。生き残った者の使命というべき仕事だろう。第三龍虎隊の終焉に近い動静を伝える唯一の証言である。

……彼らの兵舎での最後の夜が明けようとしていた。

〇二三〇総員起こし。その前からあたりはざわめいていた。まだ明けやらぬ兵舎で、朝食を共にする。いつもと変わらぬ朝食だったが、聞こえるものは箸と食器の音だけだった。

それは明日の命の糧となるべき食事ではない。あと十数時間後に訪れる任務遂行までもたすための一時的な腹ごしらえの一汁一菜だった。

彼らとは最後の朝食だ。残り少ない恩賜のタバコをわれわれも相伴して、しばし雑談の時間もなぜか落ちつかない。会話もあとわずかで、兵舎離れの時は容赦なく迫る。兵舎前には早くも飛行場行きのトラックがきていた。

何物かにとりつかれたようないいしれぬけだるさ、やるせなさのただよう中に、それを打ち消すかのような三村隊長の「サア、いくぞ」の思い切った気合いの入った一声に皆は立ち上がった。

誰からの贈り物なのだろうか、小さな顔のマスコットが驚いたように踊る。それは不帰への第一歩だった。慰め合い、励まし合い、そして死を誓いあい、苦楽を共にして、明日をも知れぬ束の間の青春を過ごした思い出多い兵舎とも別れねばならない彼らは、後ろ髪を引かれる思いでそこを立ち去らねばならなかった。しかし未練は微塵《みじん》も見せなかった。

爽やかな朝風を切ってトラックは飛行場へとひた走る。共に通いなれた常緑の並木道はまだうす暗く、ヘッドライトに照らされている。思えばわが人生の並木道も短く儚《はかな》いものだった、という思いが彼らの頭をよぎったにちがいない。心あらば天の神よ、この若者に七たびこの世に生を授け給えと祈る。

飛行場に着く。「搭乗員整列」、その声は皆の胸に食い入る訃音のフィナーレだった。「……成功を祈る」という結びの言葉で指揮官の訓示が終わる。

彼らの従容とした容貌には刻一刻と迫る自分の死を決意の中でとらえていた。純白のマフラー、かたく結んだ日の丸鉢巻は、朝日を受けていっそう鮮やかに目にしみる。

遠い一点を見つめる者、うつむいて目を落とす者、腰に手をやって考える者、それぞれ訣別《けつべつ》の水盃に屈託のない紅顔を映して口元に運ぶ。（略）

彼らは黙々と特攻機へと進んだ。その後ろ姿には悩みぬいた後の爽やかな安らぎが感じられ、鬼神をも泣かしめる男らしい壮途である。

爆音は黎明を切り、薄紫の排気煙とともに力強くエンジンが始動され、皆軽く手を挙げて各々機上の人となる。全機エンジンは快調である。その特攻機はもはや九三中練ではない。迷彩塗装された堂々たる海鷲であった。全機の咆哮《ほうこう》は轟々《ごうごう》と台湾の空に響き渡った。

そのときになってはじめてさよならの言葉が出た。「さよなら！」彼らも手を振っている。「俺たちもすぐあとからいくからなあ！」と力のかぎり帽を振って答えた。

チョークが取れ、やがて一番機が列線をはなれ、一機また一機と疾風のごとく離陸してゆく。一番機は大まわりして列機を待ち、つづく列機は小まわりして編隊を組んだ。

誘導コースを大きくまわり、頭上すれすれに超低空飛行してバンクを振りながら高度をとり、針路を北に飛び去ってゆく。もう二度とこの世で出会うことのない彼ら、その若い幽魂はいつまでもういういしく永劫不滅であろう。おーい極楽で待っててくれよ。それは見えない何物かに誘われて、だんだん小さくなり、爆音とともに遠ざかり、やがて八つの点となって、雲の間に消えて行った。

（笹井敬三『悲しき羽音』）

宮古島の戦い

隆平がはじめて宮古島を訪れたとき、タクシーの運転手から島でおびただしい日本軍の戦死者が出たことを教えられた。この島で第三龍虎隊の出撃だけを語ることはできないと、そのときから思っている。

宮古島市立図書館に問い合わせると、先島《さきしま》戦記刊行会発行の『先島群島作戦・宮古篇』という恰好の資料を提供された。沖縄本島の激戦の陰になってあまり語られない宮古島で悪戦苦闘する日本軍の様子がこれでわかる。

九三中練の前線基地が宮古島におかれたのは、この島の守備隊と米軍の激しい攻防戦が繰り広げられ、それが一段落したあとだった。

大東亜戦争（太平洋戦争）がはじまって三年目の昭和十九年（一九四四）三月にな

っても宮古島の気配は静かなものだった。

「宮古地区は決戦下とは思えない程に人心も平穏で、差し迫った危機感は感じられなかった」（太平洋戦争記録『先島群島作戦・宮古篇』先島戦記刊行会）といった状況だった。

それが六月に入ったころになって、米軍の中部太平洋進攻が予想以上に早いとわかり、あわてた大本営は大急ぎで先島群島（沖縄県南西部宮古諸島と八重山諸島の総称）の防備強化に乗り出した。

沖縄防衛の第三二軍が編成され、沖縄本島攻略の足がかりにされそうな宮古島への大兵力投入がはじまる。

青々と広がる砂糖黍《さとうきび》畑の上空に積乱雲を巻き上げて、島はようやく戦時色に塗りかえられていった。

六月二十五日、第三二軍兵器勤務隊を先頭に独立混成第四四、四五旅団主力、第一二九野戦飛行場設定隊、宮古島陸軍病院などを満載した富山丸（七〇八九トン）は、鹿児島を出港して宮古島にむかった。

二十九日朝、南下する富山丸が、徳之島東方沖にさしかかったところで、米潜水艦に襲われた。魚雷をくらった富山丸は一瞬にして沈没、乗船者約四六〇〇人中、三七〇〇人が溺死、あるいはガソリンを積んでいたので周囲が火の海となり多数の死者を出すことになった。

これからも輸送船は次々と撃沈され、兵員輸送が困難を極めるうちにも昭和二十年四月からの沖縄決戦がはじまるのである。

沖縄本島各地、石垣島、宮古島の野戦飛行場建設による航空通信兵の需要もにわかに高まった。隆平の同期兵半数が戦死した第三一航空通信連隊の戦闘序列が定まり、決死の沖縄転属が開始された時期にそれは一致する。

輸送船撃沈で第三二軍は編制を改め、南西諸島の兵力配備もやり直しをかさねて、敵潜水艦の攻撃にさらされながら兵員輸送を強行、宮古島の守備態勢は昭和十九年十二月にはほぼ整った。

宮古島に配備された主力は第二八師団であった。第三二軍に編入を命じられたこの師団は、対ソ戦に備えて北満に配備され、チチハルに潜んで待機していた精鋭である。第二八師団には二・二六事件に関与した連隊の名残りもふくまれている。

昭和十一年（一九三六）二月二十六日、皇道派の青年将校が起こしたクーデターで動いた歩兵第一連隊、歩兵第三連隊、近衛歩兵第三連隊、野戦重砲兵第七連隊の一四〇〇人は、事件後満州へ移された。

彼らは昭和十四年（一九三九）五月に発生したソ満国境紛争ノモンハン事件で、ソ連軍の大戦車軍団と闘い、多くが灼熱《しゃくねつ》の大陸で壮烈な死を遂げた。

北満からいきなり亜熱帯の戦線に移動する第二八師団の編制表をみると「歩兵第三連隊」などの文字が混じっている。ソ連兵と砲火をまじえた二・二六事件の尾を曳《ひ》く兵士たちは、第三二軍の一翼をにない、南の島で米軍と戦ったのである。

宮古島は攻めやすく護りにくい島で、敵はたやすくこの島を占領し、一五〇〇機規模の航空根拠地にするだろうと推定された。

宮古島への兵員輸送を急ぐ大本営は、輸送船のほかに巡洋艦「鹿島」を使って大兵団を送り込み、最終的には陸軍二万八〇〇〇人、海軍部隊を合わせて約三万人を超える強大な軍団となった。

第三二軍の編制にあたって、大本営は宮古島が陣地戦になると予想し、戦車一個中隊を加えた。

ノモンハン事件の敗北を反省して猛訓練にはげんだ九七式戦車（一三トン、五七ミリ砲一門、機関銃三丁）を一〇台、九五式軽戦車（五トン、三七ミリ戦車砲一門、機関銃一丁）一台を配置して水際《みずぎわ》戦闘にそなえた。

そのほか軍馬五〇〇頭が送り込まれている。戦闘配置に騎兵がいるのも、首をかしげさせる日本軍の特色であった。

宮古島への敵の上陸地点を平良《ひらら》町、下地《しもじ》村方面と予想して、海軍砲台を築き、一五サンチ加農砲《カノンほう》など一〇門、野戦砲台には一五サンチ榴弾砲《りゅうだんほう》など一二門をそなえた。

その他各種砲約二〇〇門を装備した山砲兵、歩兵、特設迫撃隊などを配置した。

「敵は必ず上陸してくる」

ガダルカナル島、アッツ島、サイパン島にたいする米軍の上陸作戦を見たうえでの陸上戦配備だった。満州で対ソ戦にそなえて訓練を積んできた大兵団を、そのまま宮古島に移したのもそのためである。

想定はみごとにはずれた。上陸作戦はなく、もっぱら空襲と艦砲射撃に終始したのだ。

宮古島への空襲は十月十、十一日のB24による偵察を予告に、翌昭和二十年一月三日からはじまった。二十二日まで五次にわたる来襲である。

「我が方の損害極めて軽微なり」

第三二軍の発表だが、宮古島で見るかぎりでは、決して軽微ではなかった。

沖縄戦が開始された三月二十三日から空襲は激化した。米機ははじめ軍事施設を狙ったが、迎撃の砲列を避けて目抜き通りの市街地に目標を変えて無差別に爆弾投下、機銃掃射のほかロケット弾などを振りまき一般島民にも犠牲がおよんだ。特に島民の不安を掻き立てたのは時限爆弾の投下だった。

ついに米軍が沖縄本島に上陸した四月一日、宮古島は早朝から空を覆うように艦載機が来襲、以後も連日編隊をなして襲ってきた。

四月二十二日には島の飛行場から数機の戦闘機が飛び立ち、空中戦となった。しかし見守る上空で白煙を曳きながら次々と友軍機が視界から消えてゆくという状況に、島民たちは歯ぎしりした。

沖縄戦にはイギリスの太平洋艦隊が参加した。戦艦二、巡洋艦五、駆逐艦一一、計一八隻の旗艦はキング・ジョージ五世で、これはマレー沖で日本軍に撃沈されたプリンス・オブ・ウェールズの姉妹艦である。

敵は攻撃目標を飛行場にしぼり、執拗《しつよう》に爆弾を撃ちこんできた。石垣島や宮古島の特攻基地をつぶそうとしたのだ。宮古島には陸軍が二本、海軍が一本の滑走路を持っていたが、空襲と英国艦隊による艦砲射撃で穴だらけにされた。

戦車を改造したブルドーザーで傷んだ滑走路を修復すると、また襲われる。また修復とくりかえすうち、掩体壕《えんたいごう》に駐機していた虎の子の戦闘機までも一〇〇トン爆弾でやられてしまった。

第八章　暗雲

特攻隊の誕生
――「捷《しょう》1号作戦」

フィリピンのレイテ島に上陸したアメリカ軍の補給船を撃破し、日本軍の陸戦を援助するため、連合艦隊は総力をフィリピンに集中した。

ボルネオ島のブルネイから出撃した栗田提督ひきいる第一遊撃隊は、西村隊と合わせて「大和」「武蔵」など戦艦七、巡洋艦一三、駆逐艦一九。

また台湾から出撃した志摩提督ひきいる第二遊撃隊は、巡洋艦三、駆逐艦四。さらに日本本土から出撃した小沢提督ひきいる機動部隊は空母四、巡洋艦三、駆逐艦八という万全の態勢だった。

しかし昭和十九年（一九四四）十月二十三日、栗田艦隊はパラワン島沖で、アメリカの潜水艦に重巡洋艦「愛宕《あたご》」「摩耶」を撃沈され、「高雄」は大破した。

二十四日、残余の艦隊はレイテ沖でアメリカ第三艦隊と遭遇、栗田隊から分かれた西村隊が全滅し、志摩隊は猛攻に耐えきれずに反転する。

栗田艦隊は巨艦「武蔵」を失ったが、「大和」は健在で二十五日朝、サマル島沖でアメリカのレイテ守備艦隊と交戦、空母一、駆逐艦三を撃沈してレイテ湾にせまった。しかし、午後になって湾内にアメリカの機動艦隊がいるとの情報で突入を断念、反転してブルネイに戻る。

これでレイテ沖海戦は終わった。

ブルネイに入った「大和」は、戦艦「長門」ほか軽巡洋艦、駆逐艦などを伴って反転し、内地に引き揚げている。不沈艦を豪語した「大和」は大した働きもせず翌年四月、沖縄にむかう途中、米軍機に撃沈された。

レイテ湾内に敵機動艦隊がいるとの情報は、あとで虚報であったことがわかり、レイテ海戦の敗北は栗田提督が臆病風に吹かれて反転したのが原因という批判が噴出した。戦後も論議の的となるが、栗田擁護論もあり、真相は不明とされている。

いずれにしても日本海軍は、保有する空母四隻のすべてをふくむ艦艇三〇隻、特攻機約四六〇機（陸軍は約二〇〇機）を失って、連合艦隊は事実上消滅したのだった――。

レイテ海戦直前の十月十九日夕刻、海軍中将大西瀧治郎は第一航空艦隊司令長官（辞令は二十日）として、ルソン島マバラカット飛行場第二〇一海軍航空隊本部にあらわれた。

ただちに玉井二〇一空副長、猪口一航艦首席参謀、吉岡二六航空戦隊参謀らを招集して会議をひらき、

「米軍空母を一週間ぐらい使用不能にして、捷1号作戦を成功させるため、ゼロ戦に二五〇キロ爆弾を抱かせて体当たりをやるほかに確実な攻撃法はないと思うがどうだろうか」

と提案した。航空特攻隊誕生の瞬間である。

大西瀧治郎はフィリピンにむけて出発前、米内海軍大臣に特攻構想の決意を告げ、さらに及川軍令部総長にも決意を語った。そのとき及川は答えたという。

「決して命令はしないように。戦死者の処遇に関しては考慮します」

大西中将自身が「外道《げどう》の統率」と呼ぶ特攻作戦は、日本軍にいまだ例のない戦術だった。日露戦争当時でも決死隊はあったが、「九死に一生を得る」、つまりわずかでも生還の望みを託しての決行である。

作戦の名に値しない「外道」と自認しながらも、ついに大本営陸海軍部は昭和二十年一月、戦争指導会議をひらき、「陸海軍全機特攻化」を決定した。

「十死零生《じっしれいしょう》」を期す特攻隊は第二次大戦の比島レイテ沖海戦ではじめて採用され、その創始者は大西瀧治郎だというのが通説になっているが、特攻作戦構想そのものは、それ以前からあった。

昭和十九年（一九四四）十一月八日、仁科関夫少佐（当時中尉）ら五人が乗り組んだ特攻魚雷「回天」が出撃している。海軍が人間を乗せた新型魚雷の開発に踏み切ったのはその年二月といわれている。つまり大西の飛行機による特攻構想以前、魚雷を使った特攻作戦が生まれようとしていたのである。

しかし最初は搭乗員が生還できる可能性を残す脱出装置をつけることが条件だった。開発が難しく戦局が悪化してそれを待っていられず断念して、「十死零生」の人間魚雷になったというのだ。

飛行機、魚雷のほかに、爆装モーターボートというのもあった。これは「震洋《しんよう》」と名付けられ量産された。また「桜花《おうか》」は人間操縦弾で、これも量産された。

本土決戦に備える多種多様の特攻兵器は一〇種類以上にのぼる。ほとんどは海軍である。陸軍はおおむね特攻作戦に消極的だった。赤トンボも陸軍はこれを特攻機には使わなかった。

航空特攻による戦死者総数は、『レイテ沖海戦と特別攻撃隊』（晋遊舎）によると海軍二五三一名、陸軍一四一七名である。

海軍はご自慢のゼロ戦をはじめとする実用機が撃ち落とされると、残っていた練習機赤トンボにまで爆装して特攻に駆り出した。それに動員されたのが予科練の若者たちである。

虎尾《こび》基地は、九三中練の練習航空基地だった。赤トンボが特攻機に採用されてからは、ゼロ戦や艦爆など乗る飛行機がなくなり、つまりは翼をもがれた年若いパイロットたちをここに集め、大急ぎで特攻のための九三中練乗りこなし訓練に追いたてたのだ。

彼らは予科練時代、赤トンボで飛行の手ほどきを受けているので手慣れた機種ではあったのだが、こんどは二五〇キロ爆弾を搭載して、敵艦に体当たりするための訓練である。

搭載許容重量の五倍近い爆弾を抱えた軽飛行機の操縦は、ベテラン・パイロットでも至難のわざだ。司令部あたりの「かつがつ敵艦にたどりつけばよいのだ。高等飛行術を習得する必要はない」といった考え方は、学徒出陣の学生をいきなり士官待遇にして特攻の戦場に送り出し、その失敗を「操縦の拙さ」と批判したりしたことにもあらわれている。

米軍に制空権を奪われている状況下では、台湾基地での訓練も敵の目をぬすむようにしてしかできない。出撃は夜襲に決まっているから、重い模擬爆弾を積んで、よたよたとあえぎながら飛ぶ夜間飛行の訓練だが、そのための計器もついていないから、勘に頼るほかにない。

「貴様たちが見たとおり、当隊は九三中練の特攻基地である」

指揮所の前に整列して着任の申告を終えると、いきなり分隊長の将校が大声で言う。

そういえば整然と飛行場に赤トンボが並んでいたなとうなずいてから、

「あれ？　オレたちは特攻隊員か」

と、首をかしげる暇もなく、

「明日の黎明《れいめい》から訓練に入るぞ」

有無を言わさず、特攻隊員としての訓練がはじまるのだった。各人に九三中練赤トンボが一機ずつあてがわれ、方向舵《ほうこうだ》に好きなロゴを描くことを許される。恋人の名前の一字を丸でかこんでもよい。それが愛機である。一緒に散る空の伴侶だ。

ところで台湾の基地に九三式中間練習機が何機あったか。第一次、二次、三次合わせて二四機が出て行ったあと、まだ六〇機余の赤トンボがあったという証言がある。いやその六〇機とは赤トンボではなく無傷の爆撃機ではなかったかと思わせる資料があるのだ。

第三龍虎隊が出撃したあとのことだが、昭和二十年八月十四日、台湾の宜蘭《ぎらん》飛行場で搭乗員総員集合がかけられた（角田和男『修羅の翼』）。新竹《しんちく》の航戦司令部から大佐参謀がきて、大本営より「魁《さきがけ》作戦」が発令されたことを告げ、一億総特攻の魁として台湾の飛行機全機突入を命じたというのである。

五〇〇キロ爆弾を装備して待機の態勢をとった残存の六〇機は、あきらかに赤トンボではない。おそらくは九九式艦上爆撃機をはじめ「彗星《すいせい》」「銀河」といった重量級の飛行機にちがいないのだ。

台湾の基地はそれほどの無傷の「特攻機」を温存しながら、なぜ中古の九三式中間練習機に出撃を命じなければならなかったのか。

第三龍虎隊の三村少尉は、日記に「九三中練とはちょっと情けないが、我慢して頑張ろう。死に場所」という悲痛なひとことを書き遺《のこ》している。どうして彗星・銀河にオレたちを乗せてくれないのかという不満をもらしたのだ。

三村少尉は二十歳だったが、あとの第三龍虎隊のメンバーは十八歳前後のなお未熟さの残る少年パイロットである。まず試しにやらせてみるかと赤トンボ特攻隊を編制し、号令をかけて送り出した。第三龍虎隊が出たあとも、それこそ残存の中古赤トンボを使う第四龍虎隊を編制しているのだ。

「皇国の切羽つまった危急を救うのは、お前たちしかいない」と悲壮な声を作って別れの宴を催し、布張りの飛行機に制限をはるかに超える爆弾をしばりつけ死地に追い出した彼らは、まだ六〇機の爆撃機を隠していた（としか言いようがない）ことになる。

指揮官たちが訴えるように国が危機に瀕《ひん》しているのなら、彼らが陣頭に立って、温存しているその爆撃機に搭乗して出撃するべきだった。

――龍虎隊の少年たちを駆り立てておいて、いまさら何が「魁」だ。

隆平は読みかけの資料を伏せて、ここでも怒りの視線を宙に這《は》わせる。

台湾基地は、故障だらけの赤トンボ二四機を特攻で捨てたあと、昭和二十年八月十四日、基地に温存していた特攻機にふさわしい無傷の爆撃機六〇機を引き出し、爆装して待機していると、突然「発進を待て」という命令が出る。ポツダム宣言受諾の情報を得たのであろう。

そして翌十五日の降伏ラジオ放送である。まるでその日のくるのを予感していたような首脳たちの頬の肉が緩んだ顔が見えるようだ。

高性能の練習機

「赤トンボ」

九三式中間練習機、略称して「九三中練」と呼び慣らわしたが、愛称はあくまでも赤トンボである。これが九三式中間練習機「K５Y」として制式採用されたのが昭和九年（一九三四）だった。

以後この練習機を九州飛行機・日本飛行機・日立・富士・中島・三菱の各社で五五九一機生産した。

「練習機としては高性能すぎる」

赤トンボの就役当初は、そんな指摘もあったが、やがて海軍実用機の近代化が進むにつれて、練習機として妥当な性能という認識に落ちついた。

太平洋戦争に突入したころは、さらに実用機の性能が向上したので、中間練習機というよりも初歩練習機に近いものとなった。

その九三中練は海軍練習航空隊のほとんど、また一部の実戦部隊にも配備されたので、戦争終結後も国内各地に残り、海外にまで赤トンボの姿が見られた。

インドネシアに九三式中間練習機が、相当機数残っていたというのは意外な事実で、戦後日本軍が解体されたあと、これをインドネシア軍が引きついだ。

オランダ、イギリス軍との独立戦争で、九三式中間練習機が大活躍したという。赤トンボの後部座席に乗った兵が、抱えている爆弾を敵陣めがけて投げ落とすという戦いぶりも語り伝えられている。ジャカルタの「インドネシア共和国軍博物館」には、インドネシア独立戦争に参加した九三式中間練習機が展示してある。祖国から遠く離れた赤道直下の大地に赤トンボが脚《あし》をふんばっているのだ。

ジャカルタのカリバタ英雄墓地には独立戦争で戦死した同国の若者が葬られており、

その中に二七名の日本人の墓がある。

終戦後、残留してインドネシア軍の独立戦争を共に戦った日本人将兵たちである。おそらくは空軍にあって赤トンボ操縦を教え、自身も敵弾にたおれた予科練出身の若き海鷲もいるのであろう。

彼らは祖国の戦争でとなえた「東亜侵略一〇〇年の野望を覆す」大義に殉じ、インドネシア兵士となって戦ったのだ。「赤トンボ年代記」の掉尾《とうび》をかざる九三式中練終焉の隠れた戦記である。

翼幅　一一・〇〇m
全長　八・〇五m
全高　三・二〇m
翼面積　二七・七m^2
全備重量　一五〇〇kg
エンジン　日立「天風《あまかぜ》」空冷式九気筒星型
出力（離昇）　三四〇馬力

最高速度　二一〇km／h
最高到達高度　五七〇〇m
航続距離　一〇二〇km
乗員　二名

赤トンボが、二五〇キロ爆弾を抱えて、宮古島から沖縄本島慶良間《けらま》沖にいる艦隊に突入することが可能かどうか。常識的には無謀な作戦だが、とにかくやらせてみようということだったとしか考えられない。

たとえばゼロ戦のうち零式艦上戦闘機五二型の場合、エンジンは一一三〇馬力。これに対して赤トンボは三四〇馬力だ。スピードは五四三キロにたいして半分の二一〇キロしか出ない。これを爆装すればさらに落ちて一三〇キロがせいぜいというところだろう。

しかも出撃は夜である。宮古島から沖縄本島沖まで約三〇〇キロ。一〇二〇キロという赤トンボの航続距離は爆装で半減してもまずは充分だが、代用燃料のアルコールでは、たどりつくだけでやっとというところだ。

ゼロ戦五二型の搭載爆弾は三〇キロ、または六〇キロ二発となっている。その数倍のものを赤トンボに括《くく》り付けるのである。

米軍機による台湾基地への爆撃が激しくなり、たびたび滑走路が使えなくなった。赤トンボのプロペラと翼を分解して馬車に載せ、山奥にはこぶこともある。

そこには斜面に予備の滑走路が作ってあったが、離陸だけのもので着陸はできない、いわば特攻隊用の滑走路だった。

出撃のときは本物のガソリンを半道分詰めるが、訓練のときは代用燃料としてアルコールを使った。アルコールの場合は、時に危険を伴うこともあった。早朝、気温が低いときは、エンジンがかかりにくいのでシリンダーの点火栓《プラグ》を外して、ガソリンを少し注入し、騙《だま》しながら起動させるのである。

緩降下の突入訓練に入り、セメントで造った二五〇キロの模擬爆弾を胴体に取りつけて慣熟飛行を連日繰り返す。慣熟とは文字どおり、その超過した爆装に慣れることだ。

ようやく離陸しても高度を取るのに時間がかかり、降下に入っても速度が増すにつれて飛行張線がビュービュー唸り、機体の震動が激しく、いつ空中分解するかわからないので降下角度を深くできない。それさえも慣熟して敵艦への突入を果たすための猛訓練がつづいた。

米機の来襲が途切れがちになったのは、沖縄作戦の終わった六月下旬からだった。

出撃は薄暮から夜にかけての時刻となる。できれば月夜がよいのだが、月が隠れた日の夜は、暗闇の出撃を強行しなければならない。そのための夜間飛行訓練も欠かせない。

この夜間編隊訓練が命がけの苦行だった。翼端に噛みつかれて、共に墜落する覚悟もしておかなければならない。現代の飛行機には飛行姿勢を示す計器がついているが、もちろん赤トンボにそんなものはない。

宮古島・沖縄間三〇〇キロを、ヨタヨタしながらでも飛べるようになるまで、死にもの狂いの訓練をかさねてゆくのだ。月明かりがなく、真っ暗闇の中を手探りの飛行が長時間できるように、やがて慣熟したころ、出撃命令が出る。

第九章　第三次龍虎隊

引き返し

平成二十六年（二〇一四）五月、深田隆平がはじめて宮古島を訪れたとき、ぜひ会わなければいけない人が不在だったので出直すことにし、一ヵ月後に再訪、すでに沖縄の梅雨は明けて、本格的な夏に入っていた。

第一、第二次龍虎隊が失敗したあとを受けた第三次龍虎隊の出撃基地は宮古島だった。その出撃をくわしく研究しているという狩俣雅夫《かりまたまさお》は、建設会社役員の初老の紳士だった。この人の存在を教えてくれたのは地元紙「宮古毎日新聞」の平良幹雄記者である。

「第三次龍虎隊の慰霊碑の世話をつづけている狩俣さんは、出撃前後の状況を詳細に調査、そのデータ収集の第一人者です」

という紹介だった。

たしかに赤トンボに関するかぎり、彼は生き字引みたいな存在で、アメリカ側の記録をはじめ日本側の資料、またさまざまな人による著書には、満遍なく目を通している。誤りも指摘する。

なにしろ戦争末期のことであり、出撃後一カ月たらずで終戦となるのだから、敗戦のごたごたで、最後の特攻隊のことなど忘れ去られ、くわしい記録も残っていない。軍関係の機密書類が焼却されたこともあって、資料がきわめて少なく推測もふくめて史実が錯綜《さくそう》して伝えられているので、誤った記述があるのもやむを得ないことではあった。

第三次龍虎隊の出撃時刻もまちまちだったが、狩俣は、当日の月齢表をもとに、夜空の状況を調べ、赤トンボ出撃のもようを目に見えるように描きだしてみせる。

まず意外だったのは、七人の神風特攻龍虎隊が一斉に飛び立ったのではないということだ。慰霊碑に七人の名が刻んであるので、ほとんどの人がそう思っているが、はじめは八機だった。一機が脱落したのだ。

この日、新竹《しんちく》の基地には二五〇キロ爆弾を取り付けられるように改造し、機体も濃《こ》緑《みどり》に塗り変えた九三式中間練習機八機、爆装のための整備員をはこぶ攻撃機一機、および引率の冨士信夫参謀を乗せるゼロ戦一機が準備された。

冨士参謀は『爆装九三中練が最後の決戦を挑んだとき』(「丸」一九七三年一月号所収)という手記を書いている。これによると、七月二十八日夕刻、新竹の司令部から「第三龍虎隊ヲシテ本二十八日夜半、沖縄在泊艦船ニ対シ特攻攻撃ヲ敢行セシムベシ」との電命に従い、午後八時過ぎ、八機の赤トンボを出撃させている。

ところが三〇分経ったころ、北東方向に爆音らしいものが聞こえてきた。耳をすますと、まさしく中練(赤トンボ)の爆音である。

八機全部が引き返してきたのだ。爆弾だけは、出発前の指示にしたがって、全機、海上で投下してきていた。

彼らを再出撃させたものかどうかと参謀が思いなやんでいると、三村上飛曹以下八名がやってきて、もう一度ぜひ出撃させてくださいと懇願する。司令部にその旨を報告、二十九日夜半再出撃を指令する電文が届く。

二十九日の夜、再出撃したが、こんどは四機が引き返してきた。その夜のうちに四機は再々出撃したが、最後に一機が引き返してきた。参謀はこの一機の再出撃を断念し、司令部にこれまでの状況をまとめて電報を打ち、翌三十日早朝、整備員、特攻隊員一名とともに宮古島を出発し、宜蘭《ぎらん》を経由して新竹に帰り、藤松司令官に、特攻隊出撃の状況を報告した。

要するに八機で出撃したが、最終的に一機だけが引き返してきた――。引率の冨士少佐は、突入できないでいるその一人をつれて、台湾の基地に引き上げたことになる。

だから宮古島から出撃した赤トンボの勇士が七人となったのは事実だが、冨士参謀の手記には他の記録と異なる部分があるので、その点を隆平は狩俣雅夫に訊《たず》ね、ついでに脱落した一人について確かめた。編制表を見ればそれが吉本節夫（仮名）であることはすぐわかるのだが、

「この人のことはそっとしてあげたいので、詳しくは申しません。本人も口をとざして、家に神風龍虎神社を奉建して祈りの毎日をすごしていると聞いています」

と狩俣は声を落とした。

その特攻隊生き残りの吉本節夫――第四次龍虎隊に編入――には隆平にしても同情よりむしろ共感に近いものを覚えている。また航空通信連隊で出会った宮田貞夫の例もある。

華族の戸籍に名をつらねる宮田は、内務班で古兵から鉄拳をくらいそうになると、脱兎《だっと》のごとく逃げ出すという軍隊では前代未聞の屈辱的な行為をやってのけた。特攻を逃げ出し、振武寮《しんぶりよう》からも脱走して、精神異常を装い、ついに自分の命を戦争から守り抜いた。

吉本さん、恥じることはないぞ、と隆平は心のなかで声を励ますのだ。

第三一航空通信連隊に送り込まれてきた振武寮脱走の宮田貞夫と、敗戦後復員までのわずかな期間兵営で一緒に暮らしたころ、隆平が彼から聞いた話では、引き返してきた特攻隊員にたいする陸軍の第六航空軍のあつかいは過酷をきわめている。振武寮のまわりには鉄条網がはりめぐらされ、「日本人捕虜収容所」と付近の人が呼ぶほどだった。

「貴様らなぜ生きて還った、臆病者め」と罵られ、少しでも口答えすると竹刀で頭部を滅多打ちされることもめずらしくなかったという。宮田曰《いわ》く、

「振武寮に入ってくる生還の特攻隊員は多いとき、一度に三〇人近くが送られてきたよ。数がふえて収容所がパンクしそうになった。理由はエンジン不調など機体の故障

や老朽機も少なくないが、意志的な特攻拒否で引き返す者が断然多かった。オレなんかその一人だがね」

いさぎよく散って「軍神」に祀《まつ》られた者と、汚名覚悟であくまでも死を免れようと努力して終戦を迎えたわずかな人々と、ふたつの人間の生き方があった。

引き返してきた特攻隊員を辱《はずかし》めて恨みを買い、報復に脅《おび》えながら八十歳過ぎまでの余生を送った者や、「私もお前たちのあとにつづくぞ」と心にもないことを言いながら特攻の号令者となり、次々と若い人々を死に追いやった末に終戦を迎え、すべてを忘れた顔で平和な余生を楽しんだ一群の日本人と、「生き残り」の後ろめたさをただよわせながら真摯《しんし》に戦後を生きた人々とは人間の質を異にするとしなければならない。

それにしても振武寮のような不愉快な悲しみを伴う戦争史話が龍虎隊に遺されなかったのはよかった。

ただ龍虎隊の出撃については、いくつかの語ることを避けた未解決の問題が残されているのだ。オブラートにつつまれた龍虎隊出撃の秘話を持ち出すことへのためらいが隆平にはあるが、二十歳足らずで春秋を絶たれた青年の生きた証《あかし》と、その謎と真実に光をあてたいという意欲を捨てることができなかった。

謎多き特攻

宮古島からの赤トンボ出撃について、確認のため隆平はかさねて狩俣雅夫に訊《たず》ねた。

「全機エンジン不調とは、少々不自然ではありませんか」

「その点について冨士参謀は、特攻出撃という異常事態に直面し、精神が極度に緊張した結果、ただしいエンジン音も異常に聞こえてしまったのだろうと言っています。まあ、そうとしか言いようがありませんね。この帰投のとき、佐原機が尾輪を折損していています。七機で飛び立ったのですが、吉本機が離陸に失敗したので、六機の出撃となりました。ところが三村隊長ら四機が引き返してきた」

「またエンジン不調ですか」

「とにかく二機が突っ込んで行ったわけです」

「引き返してきた四機はどうしましたか」

「調整してすぐに四機は飛び立ちましたが、間もなく一機が帰投しました」

「それが吉本機ですね」

「いや吉本機はすでに離陸に失敗、メンバーから外れていますから」

「では、だれですか」

「………」

四機が出撃して間もなく一機が引き返してきた。三機は予定どおり米艦隊に突入したが、一機は宮古島に引き返してきたのだ。

片道の燃料しかないとすれば、かなり早い時点で帰投を決め反転したことになる。

冨士参謀の記述を見よう。


この四機はふたたび離陸していったが、このうち一機は、約二十分後にふたたび帰ってきた。〝もう駄目だ〟と判断し、私はこの特攻再出撃を断念し、司令部にこれまでの状況をまとめて電報を打ち、これで宮古島での私の任務は終了した。

翌三十日早朝、整備員、特攻隊員一名とともに宮古島を出発し、宜蘭基地を経由して新竹に帰り、藤松司令官に、特攻隊出撃の状況を報告した。

深田隆平は言う。

「これによると一機が舞い戻ったので、冨士参謀はこれ以上の特攻出撃を断念し、翌日その帰ってきた特攻隊員をつれて宮古島を離れたことになります」

「そこが違うのですね」と狩俣が言う。

「帰ってきた一機は、佐原隊員と二機で再出撃しているのです。冨士参謀の手記はそのことを忘れています」

「すると冨士参謀が、『約二十分後にふたたび帰ってきた』という一機はだれですか」

隆平はもう一度訊《たず》ねた。

「三村隊長です」と狩俣は言いにくそうに答える。

「三村隊長機は、翌三十日午前零時に、吉本機の尾輪を使って修理した佐原機とともに出撃、帰ってきませんでした」

「三村隊長は、どうして三度も引き返したのでしょうね」

「そこが私にも解せないのです。私が第三次龍虎隊のことを調べるにあたって感じたのは謎の多い、いわばどこか不自然さが感じられる特攻攻撃だなということでした。戦果が大きいにも拘《かか》わらず、なぜかとの思いです」

と、首をひねる。さらにこうも言う。

「私が不自然さというのは、前代未聞の赤トンボの特攻ということだけでなく、三村隊長の引き返しにあるのではないかと思いました。何度も引き返すとなると、臆したのではないかと疑われます」

三村隊長は最初の全機帰投、次の四機帰投、そして単独帰投と、つごう三度引き返している。いずれも発進して三〇分後の帰投だから、逡巡《しゅんじゅん》の感をぬぐえないのだ。狩俣はこうも言った。

「私はしかし、三村隊長が臆したのでは決してないと思います。彼にはある使命感があったのです。それは落伍者を出し、第三龍虎隊が臆病と後ろ指を指されないための決意でした」

このことを理解するためには、先に台湾から出撃した第一、第二龍虎隊が一六機そろってエンジン不調の理由で不時着し、生還したことから臆病の汚名をきせられている事実が背景にある。

狩俣はさらに言う。

「これまで龍虎隊は第一、第二とも臆病者と罵られてきました。第三龍虎隊だけはそうありたくない、死ぬときは一緒だ、一人として落伍者を出してはならないと、みんなで誓ったのではないでしょうか」

第一、第二龍虎隊が臆病とあざ笑われ、第三龍虎隊もその轍《てつ》を踏むのではないかとみる気配が航空隊内にただよっていたことはたしかで、そんな風評を口惜《くや》しい思いで聞いたにちがいない。

そのあたりの事情は冨士参謀の手記にも次のようにあらわれている。

滑走路の誘導灯はただちに消したが、万一、エンジン不調などで引き返す機がある場合を考慮して、関係者は三〇分間その場で待機するよう、あらかじめ指示しておいた。

つまり出撃した特攻機が引き返してくるのは、いつも想定されていたということだが、全機帰投というのは、やはり尋常な状況ではなかった。

「三村隊長が何度も引き返したのは、落伍しようとしている僚機をつれ戻すためだったのかもしれません。そして佐原機と共に最後の出撃を敢行したのです」

かくして第三龍虎隊のほぼ全員七人が、最終的には赤トンボ特攻隊としての掉尾《とうび》を「飾った」ことになる。

陸軍第六航空軍司令官で、沖縄航空特攻作戦を指揮した菅原道大《すがわらみちおお》中将（のち大将）の日記がある。『菅原将軍の日記』（偕行社発行「偕行」所収）として知られている。台湾の海軍基地では、第一、第二龍虎隊の全機引き返しに衝撃を走らせたのだったが、昭和二十年四月六日から六月二十二日まで一〇次にわたる海軍の菊水作戦、陸軍の航空総攻撃の過程で、特攻の引き返しが常態化していたことを、その日記で語っている。

菅原将軍の日記

菅原道大という将軍は、特攻推進の発頭組とされる人物であり、その日記には史料価値がある。

まず昭和二十年(一九四五)四月六日は、菊水作戦の航空総攻撃で海軍は三九一機(内特攻二二五機)、陸軍は一三三機(内特攻八二機)を出動させた。この日だけで戦死者は、海陸合わせて三四一名にのぼった。

四月六日　金
飛一〇二戦隊にて1/3、特攻隊にて1/5の引返し、不出発あり。極めて不成績と云ふべし、之れが総監として編制し、軍司令官として教育に任ぜし部隊なり……。
『菅原将軍の日記』

この日記の五月の項に「喜界島より引上げし大櫃中尉以下に訓示し、又望月衛教授より各地視察談を聴く」という記述がある。望月衛教授とは、心理学者である。航空本部——菅原自身だろうが——から委託されておこなった特攻隊員心理調査の一部である。

〇確実ナ戦果ヲ期待シ、「犬死」ヲ惜シムアマリ、引キ返シガ増大スルコト。一旦引キ返シテ再出撃スル時ニハ、サラニ大キナ精神的負担ヲ生ジ、遂ニ士気阻喪スル。
○少数機デノ出撃ハ、士気ヲ減退スル。ソノ上、少数出撃ノ場合ハ見送リモ少ナク、増々士気ガ上ガラナイ。
○最終決意ニツイテ、人生最後ノ重大問題ニツイテ疑問ヲ持チ、ソノ解決ニ苦シム者ガアル。
○隊員ニシテ攻撃ヲ忌避シ、或ハ是レニ臆スル者若干ヲ認ムルモ、性格的劣格者タルヲ認メラルモノヲ見ズ。

この中で「臆スル者」も「性格的劣格者」ではないこと、つまり正常な精神状態であることを証言しているのだ。このような望月教授の「戦場心理ヨリ見タル特別攻撃隊員ノ士気揚策（昂揚策か）」によって「引き返し」が防止されたかどうかについての記述は、菅原日記に見られない。

菅原道大中将は出撃する特攻隊員に、「お前たちだけを死なせはしない。最後の一機で私はお前たちのあとを追う」と言っていたが、戦後生き延びて、昭和五十八年（一九八三）九十五歳で大往生した。

生への執着を断ち切る

第四次の龍虎隊員だった笹井敬三による次のような証言もある。第三龍虎隊が出撃してから、半月後の八月十三日に第四次龍虎隊は出撃命令を受けた。十五日の出撃まで四八時間、それを待つまでの心境を、笹井は月刊「予科練」(昭和五十五年四月号)に寄稿している。


　われわれも決して死を恐れるものではなかった。それなのに四八時間の道の短く感じたのはなにゆえか。それはただ一度しかない人生なるがゆえである。何もなかったといえば、それは嘘になる。

　俺は特攻の末席をけがした一小軍人として、故人になりかわりその「真情」を一億日本人に訴えるものである。

　歴史は美化されてはならない。ありのままを伝えることに意味がある。われわれは華やかな昔の軍隊を夢みることなく、赤裸々な姿を後世に示し、謙虚な気持で人間予科練の素顔をみてもらうべきである。それは世界平和への最大の糧となろう。

　平和を誓うことがわれわれに残された最期の奉公であろう。長い暗黒から脱して折角海原を照らしはじめた平和の光を、二度と荒野の果てに消沈させてはならないと思っている。


　沖縄戦に参加した特攻のうちでも学徒兵で構成された振武隊における「引き返し」は特に顕著だった。第六航空軍が作成した「振武隊編制表」によると、出撃一二七六名の半数六〇五人が突入を拒否して生還している。

　八月十五日の敗戦日を待たず、すでに新しい時代がはじまろうとしていた。軍人としての精神教育を受けていない大量の高学歴の人々が、いきなり凄惨な第一線に追いやられたこのときから、旧時代の戦場モラルは崩壊しはじめたのだ。

　第五航空艦隊司令長官宇垣纏中将は、自著『戦藻録』に「特攻機として機材次第に欠乏し練習機を充当せざるべからざるに至る。夜間は兎も角、昼間敵戦闘機に会して一たまりもなき情なきこととなり。（中略）数はあれども之に大いなる期待はかけ難し」

と書いている。

菊水作戦に赤トンボが参加したというたしかな記録はないが、國吉實『少年と石垣島特攻基地』によれば、ゼロ戦などと一緒に九三式中練が沖縄戦に出撃している。

六月八日　金　〇九〇〇より一〇三〇に亘り、飛行機の故障にて引返し、司令部に集合しあり数十人の特攻隊員に対し、訓話をなす。（『菅原将軍の日記』）

沖縄の特攻作戦は、第一〇次の六月二十二日をもって終わり、以後特攻の出撃は中止された。

沖縄戦が事実上、終止符を打ち、日ならずして終戦を迎えようとする七月の末になって、台湾基地から、のこのこと赤トンボ特攻を繰り出そうとしたのだった。

連合軍のホコ先が、台湾に集中することにたいする危機感から、台湾基地独自の作戦であったにしても、布張りの練習機に二五〇キロの爆弾を抱かせた特攻機を出撃させるというのは狂気の沙汰であった。そのような状況下、いわば本能的に出撃をためらったのを、みずから恥じることはないのだ。

三村が遺書ともいうべき日記に、「九三式中練とはちょっと情けないが、我慢して頑張ろう」と書いているのは、あてがわれた飛行機への単なる不満ではなく、これで戦えるのか、犬死になるのではあるまいかという不安を訴えていたのだ。

彼の名誉のために弁護するのではなく、命を惜しむ人間としての当為——まさにあるべきこと——と理解するのが、むしろ誇り高い特攻隊員の実像を顕彰することになるのではなかろうか、と隆平は思う。

前掲望月レポートに「一旦引キ返シテ再出撃スル時ニハ、サラニ大キナ精神的負担ヲ生ジ、遂ニ士気阻喪スル」とあるように、察するにあまりある三村隊長の再出撃だった。

逡巡しながらも、最後には生への執着を断ち切り、粛々と死地におもむいた三村隊長とそれに従った佐原隊員、そして第三龍虎隊の若者たちの強烈な意志力こそは、日本のサムライたちが示してきた武士道体現の姿そのものであった。

第十章　出撃

エンジン不調

第三龍虎隊出撃の全貌は、台湾基地の参謀冨士信夫少佐の『爆装九三中練が最後の決戦を挑んだとき』を基本資料として語られる。

台湾基地発進から宮古島出撃まで、引率者として彼らの一部始終を目撃した証人の手記である。しかし冨士参謀のそれには、故意か記憶違いかは即断できないが、明らかな誤記が指摘されている。

雑多な資料を整理、配列、試行錯誤して、ひとつの結論をみちびき出すのは、新聞記者の経験を持つ深田隆平の得意とするところだが、第三龍虎隊の出撃から米艦突入にいたる解説はどれもまちまちで、微妙に食い違っている。

土井全二郎『失われた戦場の記憶』、太平洋戦争研究会編・森山康平『特攻』、森本忠夫『特攻』、角田和男『修羅の翼』、デニス・ウォーナーほか・妹尾作太男訳『ドキュメント神風』、上原正稔訳編『沖縄戦アメリカ軍戦時記録―第10軍G2㊙レポートより』、ほかに冨士参謀の手記と並んで笹井敬三が雑誌「丸」に発表した『知られざる赤トンボ特攻「龍虎隊」沖縄へ出撃せり』などが重要な参考資料となっている。

これらの記述を比較検討しながら、さらに沖縄在住の史家狩俣雅夫、第三龍虎隊編制直前、千葉の特攻隊に転属して生き残った庭月野《にわつきの》英樹《ひでき》の所見をただし、隆平自身のスペキュレーションもわずかに混ぜながら、第三龍虎隊出撃の筋道を次のように組み立てた。


はじめ第三龍虎隊は八人で編制された。隊長の三村が上等飛行兵曹で、あと七人は予科練出身の一等兵曹である。上等飛行兵曹が陸軍の曹長、一等兵曹が軍曹にあたる。

昭和二十年（一九四五）七月二十四日朝、第三龍虎隊の隊員は台湾新竹《しんちく》基地の指揮所前に整列した。

三村隊長は大正十四年（一九二五）生まれだから満二十歳である。以下隊員は昭和生まれの十九歳から十八歳の若者たちだ（昭和十九年十月十五日以降「勅令六五〇号」により特別攻撃隊の戦死者のうち、下士官は少尉に、兵は兵曹長に特別任用の制度が施行されたので、第三龍虎隊では出撃した七人全員が少尉に任官している。以後はそのように呼ぶことにする）。

彼らは飛行帽の下に日の丸の鉢巻きを締め、隊長の三村少尉は左手に紫の袱紗《ふくさ》につつんだ短刀を握りしめ、決死の覚悟を示している。

型どおり基地での別盃式を終えたのち、宜蘭《ぎらん》経由前線基地の宮古島にむかう。新竹から宜蘭までゼロ戦なら二時間の行程だが、赤トンボだと五時間かかる。ここで燃料を補給して宮古島まで気象にもよるが二時間ないし三時間である。

日没のころ夕焼けで空を焦がした宮古島に着く。米機の来襲で廃墟《はいきょ》同然になった宮古島は、飛行場も破壊され、間に合わせで修復されたでこぼこの滑走路にやっと着陸できるというありさまだった。

四日後の二十八日夕刻、引率の指揮官冨士参謀は、台湾基地司令部からの電報を受け取った。

「第三龍虎隊ヲシテ本二十八日夜半、沖縄在泊敵艦船ニ対シ特攻攻撃ヲ敢行セシムベシ」

出撃は夜である。夜陰にまぎれて敵地に近づくといっても、真っ暗闇で的確な突入はできない。やはり月光が頼りだ。この日の月齢では満月後三日ばかりだから月明かりが期待できた。

冨士参謀は、出撃を午後九時三十分と決めた。龍虎隊員と整備兵にそのことを告げ、機体の入念な点検と、二五番の爆装を命じた。

「隊員は兵舎で待機せよ」

言い残して参謀は将校宿舎に入る。

用意された夕食は、実に粗末なものだった。島民は一食に薩摩芋《さつまいも》二本という飢餓の生活に耐えている。航空隊でも特攻隊の給与は特によいのだが、宮古島ではそんな特別食を望むべくもなかった。

出撃近い隊員たちにとっては、食欲も進まないので不満を訴える者がいるはずもないが、最終の死出の号令を待つまで、徐々に圧縮される時間をすごすのは悶絶《もんぜつ》するほどの苦しみだったろう。

午後七時、冨士参謀が兵舎を覗《のぞ》くと、隊員たちは車座になって、肩を抱き合い、大声で歌を歌っていた。軍歌から流行歌、童謡、子守唄……知るかぎりの歌を声が嗄《か》れるまで、あたかも鳴いて泣いて鳴いて、鳴きつくして一生を終わる蟬《せみ》のように、一心不乱に歌っている。

午後八時三十分、冨士参謀は第三龍虎隊員をうながして飛行場に出た。

夜空は晴れて、月が中天に浮かんでいる。絶好の特攻日和だ。攻撃地の沖縄本島西方の慶良間《けらま》諸島まで、二五〇キロの爆弾を抱いて何とか到達できるだろう。

たどりつくだけでよい。帰ってこなくてよいのだ。たどりついて敵艦に体当たりするだけが、若者たちに与えられた使命だった。それで彼らは「軍神」として靖国神社に祀《まつ》られる。

参謀は飛行場の草むらに隊員とともに腰をおろして、出撃中のこまかい注意を与えた。

九時過ぎ、出撃命令を受ける。

「ただいまより、第三龍虎隊の沖縄特攻出撃を命ずる。詳細はすでに説明したとおりである。今はこれ以上言うことはない。成功を祈る」

感に堪えぬ表情で、冨士参謀は無言で隊員の一人ひとりと握手を交わす。

隊長三村少尉が駆けだす。それを追って、飛行服をまとった初陣の若武者たちが、愛機にむかって走りだす。

そのとき、遠くからかすかな爆音が聞こえてきた。

「待て！」

と、冨士参謀が叫んだ。米軍機の接近である。

「全機を掩体壕《えんたいごう》へ」

号令で整備兵たちが、機体を押して近くの掩体壕に赤トンボをはこび終えたころ、爆音は遠のいた。

ふたたび九三中練は列線に戻る。三〇分遅れて午後十時、一斉にプロペラが唸《うな》りをあげ、一機、二機と赤トンボが滑走路を滑り出す。

龍虎隊の全機が離陸したのを確かめて、冨士少佐は新竹の司令部に、

「二二〇〇、第三龍虎隊出撃ス」

と、暗号電文を打った。しかし整備員、飛行場要員には三〇分間そのまま待機するように命じた。

果たしてしばらくすると、爆音らしきものが聞こえてきた。これは敵機ではない。赤トンボだ。冨士参謀の号令で、滑走路に誘導のカンテラが灯される。

一機、二機、三機……ついに全機が引き返してきた。第一、第二龍虎隊のときは島に不時着して、基地には帰ってこなかったが、こんどは八機そろって引き返してきた。

指示されたとおり、爆弾は海に投棄している。

「エンジン不調」

全機ともそれを訴えている。うなずいて冨士参謀は整備員に点検を命じた。

「異常ありません」

硬直した顔で整備員が報告する。

「参謀、もう一度、出撃させてください」

三村少尉が哀願するように、しかし強い口調で言うのに冨士参謀は、一瞬考えたが、

「よし、やろう。だが、今夜はゆっくり休め」

答えて、彼らを解散させ、司令部には状況を報告して、再出撃を要請した。翌二十九日早朝、「本日夜半、再出撃セヨ」との命令が届く。

再出撃に強烈な心理的負担がかかることは、特攻作戦の常識として、冨士参謀は心得ている。しかし第三龍虎隊の彼らは、第一、第二龍虎隊と違い、戻ってきて再出撃を望んでいるのだ。

前夜帰投したとき、佐原機が着陸に失敗して尾輪を損傷した。爆撃でやられた滑走路の窪みで発生した事故だった。したがって七機の再出撃となる。

二十九日午後十時過ぎ、天候条件は前夜と同じで、月光を浴びながら、重大決意の隊長三村少尉ら七機の赤トンボは飛び立ったが、吉本機が離陸に失敗して、結局、六機の再出撃となった。

冨士参謀は六機に減った第三龍虎隊を見送って、やはり整備員らに三〇分間の待機を命じた。「引き返してくるかもしれない」という予感を振り払えなかった。

――こんど帰ってきたら、出撃は中止だ。

心の中でつぶやいている。そんなことがあるはずはないと思いながらも、冨士参謀の予感はしだいに近づいてくる爆音は、間違いなく赤トンボのそれだった。

の予感はついに当たった。

「やんぬるかな！」

冨士参謀は滑走路のカンテラ点灯を命じた。帰ってきたのは四機である。

三村　弘（小隊長）
近藤清忠
原　　優

やはり「エンジン不調」だったが、整備兵が点検したところ、エンジンは正常とわかる。四人は間もなく冨士参謀の前に整列した。

「再出撃させてください」

「よし、やってみるか」

参謀は即断した。

四機の出撃は、日付が変わって七月三十日午前零時をまわっていた。参謀がほっと胸をなでおろすというのも奇妙な心境だが、それさえも裏切られることになる。また爆音が聞こえてきたのだ。こんどは一機だった。隊長の三村機である。

「どうした」

冨士参謀の声が思わずとげとげしくなる。

「もう一度、エンジンの点検をお願いします。直りしだい出撃します」

「そうしよう。だが夜が明ける。出撃するとしても今夜だ。きょうはゆっくり休め」

そう言われて、三村少尉はすごすご兵舎に入って行った。点検すると、たしかにエンジンの調子が悪い。点火栓を交換して、赤トンボは元気を取り返す。

　翌日、尾輪を折損していた佐原機の修理が終わった。

　エンジン部分を大破した吉本機の尾輪は傷んでいないので、それを外して佐原機に取り付けたのだ。

　出撃を免れ、兵舎で休んでいた佐原にとっては、意外ななりゆきだった。しかし第四次龍虎隊の編制もはじまっている。所詮助からない命だと観念の目を閉じた。

　――以上、第三龍虎隊出撃までの経過は、冨士参謀の手記を基本に隆平が組み立てたものだが、狩俣雅夫は「冨士参謀の手記には重大な誤りがあるようだ」と終始首をかしげていた。

　最初の出撃が七月二十八日では、アメリカ側の資料による第三龍虎隊一番機がキャラハンを襲う時間のズレが説明できないのである。

「二十八日の初回出撃の全機引き返しは冨士参謀の記憶違いで、そんな事実はなかったか、もしあったとすれば、初回出撃は二十七日だったのかもしれない。そのとき全機引き返しがあったと考えるべきでしょう」

　と狩俣は言う。

「すると六機が飛んで、四機が引き返し、川平・庵の二機が突入したのは二十八日の出撃の時ということですね」

隆平が確かめた。

「日本時間とワシントン時間のズレなどという説もありますが、米軍も日本標準時を使っていたことは沖縄ドキュメントの作家・上原正稔さんからも聞きました」

「二十八日午後十時過ぎ宮古島から出撃した赤トンボは、日付が変わって、二十九日午前零時半ごろ慶良間諸島海域に到達した。その複葉機の影を、同時刻にブリチェット、キャラハン両艦のレーダーがとらえたというアメリカ側の記録と符合するわけですね」

「龍虎隊攻撃の日は二十八日説と二十九日説がありますが、それは攻撃が日付変更をはさんでの攻撃であったため、出撃時の日付にするか、突入時とするかの違いです」

「要するに冨士参謀の手記に準拠する説明の日付は一日繰り上げということになりますか」

「そうです」

これによって修理完了の佐原機をつれ、三村機が出撃したのは七月三十日午前零時〇〇分ということになる。

第二次世界大戦における最後の特別攻撃隊となる二機は、月光を浴びた宮古島を飛び立っていった。

敵艦炎上

七月二十八日午後十一時過ぎ、新竹基地から、偵察機「彩雲」が沖縄にむけて飛び立った。

高度一万メートルの上空から、第三龍虎隊の戦果を確認するための強行偵察である。

「慶良間列島付近海上ニテ、艦船ノ炎上スルヲ見ル」

彩雲の半分の速度で飛ぶ赤トンボ二機が、慶良間沖に停泊する米艦に肉薄するのは、だいたいその時刻である。

司令部は彩雲機からの打電で、宮古島を発した赤トンボのどれかが、午前一時半ごろ敵艦への体当たりに成功したことを知った。

赤トンボと愛称された木枠布張りの複葉練習機に撃沈された駆逐艦キャラハン（排水量二〇五〇トン）は、アメリカ合衆国が太平洋戦争で失った最後の軍艦だった。

ところでキャラハンを爆沈させた赤トンボは、第三龍虎隊七機のうちのどれであったのだろう。

七月二十八日午後十時過ぎ、宮古島基地を出撃したのは赤トンボ八機のうち次の六機である（前日佐原機は着陸に失敗、当日吉本機が離陸失敗）。

三村　弘・近藤清忠・原　優
松田昇三・庵　民男・川平　誠

この中の三村、近藤、原、松田の四機が引き返してきたので、最初敵艦に突っ込んだのは残る二機ということになる。

出撃した六機のうち四機が引き返し、二機がそのまま針路を変えなかったとなれば、敵艦攻撃の目的を果たすべく沖縄本島にむかった第一陣は、次の二機だ。

川平　誠
庵　民男

キャラハンに体当たりした一番機は庵なのか、それとも川平なのか、これは難しいところだ。隆平としては、なんとはなしに真っ先かけて飛び込んで行ったのが川平少尉だという気がしてならない。

戦友たちが語る彼についての断片的な挿話のうち、たとえば別盃式のとき、「飲んだら盃を割れ！」と言われて、皆にさきがけまずそれをやったのが、川平少尉であったという些細《ささい》なことまでが、妙に印象にこびりついているのだ。

笹井敬三の手記『悲しき羽音』に、川平少尉のことを書いた次のような文章がある。

洗面場と、兵舎の中程に一株の龍眼《りゅうがん》の木がある。この龍眼には深い思い出が残されている。私が虎尾にきたころ、川平はこの龍眼の木に登って、その実を落としてくれた。それ以来、私はこの珍味の龍眼に魅せられて、病みつきとなったのである。

しかし川平はもうこの世にはいない。彼は世話ずきで、人に好かれる優しい心の男だった。彼が出撃前夜、この龍眼の木の下で、一人茫然と立っているのを、私は見た。

その姿が本当に寂しそうだったので、私は声をかけなかった。孤影悄然として立つ彼を見て、言葉を失ったのである。きっと彼は心の中で、笹井という男は何という冷たい薄情な人間だろうと思ったにちがいない。

しかし今にして思えば、それでよかったのだと思う。自分はもう誰からも話しかけてもらいたくない。静かにそっと一人にして置いてほしい。残る時間もあとわずかである。それは自分一人の時として、大事に使いたかった……。

何か期するところがある川平少尉の出撃前夜の姿が目に見えるようで、粛然とさせられる光景である。隆平がM・Kを一番機とし、キャラハンを撃沈した殊勲の特攻機と見るもうひとつの理由は、例の穴守稲荷神社のお守り砂である。

戦後、隆平は山根美沙子の消息を調べるため、羽田に出向いたのだが、何の手がかりも得られなかった。その折、美沙子との思い出を残す穴守稲荷に参拝したのだ。

文化元年（一八〇四）に創建されたというこのお稲荷さんは、東京国際空港（羽田空港）拡張のため、占領軍から四八時間以内の強制撤去を命じられ、現在は大田区羽田五丁目に移動しているが、リアルな感じの特徴をとどめたキツネの石像はそのまま飛行機の飛び交う羽田の空をにらんでいた。

羽田の地先が砂浜だったのにちなんで、砂を包んだ穴守稲荷のお守り砂は、江戸時代から商売繁盛・安全招福・病気平癒・災厄禍除降もろもろの霊験あらたかなお砂として知られている。

美沙子がそれを社務所で受け、入隊する隆平に贈ってくれたのだった。彼は福分けとして最後に手がけた赤トンボの乗降用足掛けに、そのお守り砂をひとつまみ振りかけておいた。

まさか赤トンボが特攻機となって、殺傷する戦場の修羅場に出向くことになるなど思ってもいなかったのだ。いちおうは軍用機だから武運長久、弾丸《たまよ》除けの祈りをこめて、飛行機の町羽田の稲荷神社のお守り砂の御利益を願ったのであった。

その赤トンボに乗った川平少尉には、どのような霊験があらわれたのだろう。

キャラハンの対空砲火は木枠布張りの川平機を貫通し、エンジン、プロペラ部分を避けたのだから、お砂は弾丸除けにはなったのだが、弾幕をくぐった川平機が、敵の軍艦に肉薄し、激突してM・Kの肉体が血しぶきと共に粉砕することを回避するまでは及ばなかったということか。いや赤トンボが駆逐艦を撃沈したことを殊勲とすれば、お砂は武運長久の祈りを聞き届けたことにはなる。

第三龍虎隊の一番機となって、日本の特攻機一二機を撃墜した憎むべき敵駆逐艦を、沖縄の海に葬った川平少尉の武勲は称えてやりたいが、お守りに美沙子がこめた祈りは、「駆逐艦は沈むとも、沈まずとてもなにごとぞ、君死に給ふことなかれ」なのだ。

その美沙子はお砂を身につけていなかったのか、戦火を浴びて逝ってしまった。結局、隆平だけが、お守り砂の御利益に浴し、死ぬ命を助かって生き延びている。

二十九日夜、六機で出撃したうち四機が引き上げ、出撃を続行した二機（川平・庵）が第一波である。

引き上げてきた四機は、翌三十日の夜、再出撃した。このとき三村隊長だけはまた引き上げてきた。あとの三機（近藤・原・松田）が第二波として沖縄本島沖に達したのは、第一波の川平機が突入してキャラハンが沈没する前後の三十日午前三時ごろである。

アメリカ側記録では「バーソルフ艦長は乗組員たちが退艦してからも、激しく燃えさかっている艦上にさらに一時間とどまっていた。一方、上空にはカラハンが生き残る徴候をすこしでもみせた場合、体当たり攻撃を加える用意を整えて、さらに多くの複葉特攻機が乱舞していた」(デニス・ウォーナーほか著『ドキュメント神風』)とある。この乱舞していた複葉特攻機というのが、第二波の近藤機ら三機の赤トンボだったと思われる。

また『沖縄戦アメリカ軍戦時記録』の七月三十日の記事に「午前2時10分、日本軍航空機が、那覇飛行場に墜落、被害が出る」とある。

キャラハンの撃沈を確認した第二波の三機は、僚艦のプリチェット、キャッシン・ヤングを襲ったとみられる。「この飛行機は木製のため、エンジン、その他の金属以外は、レーダーにかからない。……パイロットの地図によれば、この航空機は、台湾から飛んで来たものである」としているから、第三龍虎隊であることはたしかだ。

最後に宮古島基地から出撃したのは、三村機と佐原機である。三村機はキャッシン・ヤング右舷の後部ダビッド近くに激突、大爆発した。同艦は沈没を免れたが、一九名が戦死、四六名が行方不明となる。

佐原機はホラスAバスを攻撃、あるいは本土上空にせまり那覇飛行場で撃墜または墜落している。はじめ逡巡《しゅんじゅん》したかの気配をみせた第三龍虎隊も、ついには果敢な戦闘を展開、壮烈に散華したのだった。

　三度引き返した三村少尉の行動を怪しむ声もあるが、最後に勇敢な海鷲の散り際を見せたのはさすがと言わなければならない。やはり見事なサムライの最期だった。

　彼は操縦桿《そうじゅうかん》を徐々に前に倒しながら、母親と克子さんの顔を交互に思い泛《うか》べたであろうか、緩降下する機体と二五〇キロ爆弾に身を預け、三村少尉の二十歳の短い青春はそれで終わったのだ。

　　連合艦隊告示第二五九号
　　神風特別攻撃隊第三龍虎隊
　　一三二海軍航空隊付
　　海軍上等飛行兵曹　三村弘
　　（二階級特進により海軍少尉正八位勲六等旭日章）
　　昭和二十年七月二十九日及び三十日に分れ沖縄本島嘉手納沖の敵艦船に体当たり攻撃を敢行す

キャラハン撃沈の殊勲は第三龍虎隊隊長の三村弘のものとなったが、公的にはそうなる。では計器盤の隅にメッセージを刻みつけた隆平の分身たる赤トンボに搭乗したM・K、川平少尉の最終フライトはどうだったのか。

M・K少尉の最終フライト

宮古島基地のでこぼこした滑走路上に脚をふんばる赤トンボの機上の人となったとたん、M・Kは思いつめた真顔になるが、徐々に笑顔を取り戻す。

プロペラが半回転したとき、素早くイグニッション・スイッチ・オンだ。エンジン始動、イナーシャーの回転数が最高に達する。耳をつんざく爆音と共に雑念は吹っ飛び、チョークが取られる。

「まえはなれ、コンタクト!」

爆音高らかに発進、爆弾の重みでよろけながら走り、滑走路ぎりぎりで離陸する。

まずは編隊に遅れないように集中、爆弾を抱えているので、オーバー・ロードのエンジンははじめから喘《あえ》いでいる。スロットル・レバーは全開に近く、片道しか持たされていない燃料消費が心配である。目的地までに燃料切れでエンジン・ストップにでもなれば、二五〇キロ爆弾とともに海の藻屑《もくず》だ。

超低空の編隊を維持するためにスロットルを絞ろうとすると、風防を波しぶきで洗われるほどに機体が沈む。あわててスロットル全開、ビンの中の浮沈子のように上下に喘ぎながら、淡い月明の海上を飛ぶうちに、六機編隊は乱れはじめ、一機二機と離れていく。

ついに川平機だけの単独飛行となってしまった。

——みんなどうしたのだ。隊長はどこにいる。

いやそれはもうどうでもいいのだ。前に進むだけだ。また機体が沈みはじめる。スロットル・レバーを開き操縦桿を手前に引く。高度計は二〇〇メートルを指している。

このまま行け。黒々と群れをなす艦影が見えてきた。

「皆々さま、さようなら、さようならだけが人生だ！」

駆逐艦キャラハンめがけて緩降下の操縦桿を前かがみに押し出している美少年川平少尉の笑顔は、映像ならそこでストップ・モーションとなって、物語は大尾に近づく。

第十一章　わが尋ね人

言ふなかれ、君よ、わかれを

戦後七〇年を目前にした平成二十六年（二〇一四）になり、隆平がなすべきことは、二つあった。ひとつは山根美沙子の終焉《しゅうえん》を見定めること。今ひとつは隆平のメッセージを刻みつけた〝幻の赤トンボ〟を操縦して散華したＭ・Ｋこと川平少尉の墓前にぬかずくことだが、いずれも望みをはたしていない。

美沙子については、それまでも上京のたびに、羽田に足をはこび、それらしい手がかりを探したが、羽田の町は空港にも取り込まれて、コンクリートでかためた白い集落に変貌してしまっている。

美沙子は正式に社員となったようなことを手紙で知らせてきたが、内定だったのだろう。知人を通じて日立の関係を調べてもらったが、挺身隊《ていしんたい》の身分では社員原簿にも残っておらず、寮の賄婦《まかないふ》だった母親も正規の社員ではなかったせいで、どうにもつかみようがない。小市民の母子のか細い足跡は、戦争が遺した広大な瓦礫《がれき》の中に埋もれてしまっているのだった。

隆平は山根親子の位牌《いはい》を作り、京橋空爆の日を命日として霊を弔っている。上京した折、機会あれば羽田の穴守稲荷に参詣することも忘れてはいない。

沖縄の海で死を遂げた川平少尉は、静岡県の人らしい。甲種予科練一二期出身であること以外は不明で、遺族の所在もわからない。

予科練関係の名簿に川平誠の名はあっても本籍地、遺族の住所などの記載はなく、弟か妹がいるらしいとは伝えられているが、それ以上のことはわからない。ただありがたいことに彼の存在を立証する写真を、隆平は宮崎市の庭月野英樹に見せてもらっている。出撃前に撮った二枚である。

一枚は白布を敷いた野戦の食卓の前に第三龍虎隊と基地の人たちが並ぶ龍虎隊命名式の情景で、川平少尉は右端から二人目。あとの一枚は第三龍虎隊の八名が笑顔で写った悲しい集合写真である。

余白に一人ひとりの氏名が書き込んであり、川平少尉は前列右端に大きく写っている。鼻筋の通った美少年が、飛行帽の下から日の丸の鉢巻きを覗《のぞ》かせているのも痛々しい。

茫々《ぼうぼう》七〇年、死屍《しし》累々《るいるい》として、まさに万骨枯るの情景が広がり、無数の戦死者が身元不明の無縁仏となって沈黙している。戦争の虚しさ、歳月の残酷さ、そして国家というものの非情を思わずにはいられない。

M・Kが川平誠という人だと判明しながら、その身元がさっぱりわからないというのは、隆平にとって何ともどかしいことであった。ほとんどあきらめかけていたとき川平少尉の資料を送ってきたのは、第四龍虎隊（出撃前に終戦）の隊員笹井敬三の遺児良子《りょうこ》だった。すでに笹井敬三の手記『悲しき羽音』などを提供してくれた人である。

隆平が川平少尉のことを調べているのを知り、父親の書き遺《のこ》した文章の中にある関係した記述の部分をコピーして送ってくれたのだった。

「父が親友だった川平さんのことに触れた部分を発見しましたのでお送りします」とある。貴重な資料だった。

私たちは、なんの目的で虎尾空に転属になったのかわからなかった。輸送機から降りると、仏印やサイゴンで一緒だった同期の艦爆の連中の日焼けした顔が、笑いながら迎えてくれた。

彼らを一見して、この基地が九三中練の特攻隊基地であることを直感した。

「ようー、笹井、まだ生きていたのか！」

冗談半分に声をかけてきた川平とは予科練の同班で、フィリピンの九三中練の飛練も一緒だった。莫逆《ばくぎゃく》の友との思いがけない再会であった。彼の明るい表情からは、特攻隊員らしい暗い印象はうけなかった。

（笹井敬三『知られざる赤トンボ特攻「龍虎隊」沖縄へ出撃せり』）

笹井良子からは川平少尉のことが散見される別の資料も添えられていた。

やはり甲種予科練一二期の山口忠平が機関誌に寄せた回顧談の中で、断片的に川平少尉のことが書かれている。

山口は、三村少尉の例の日記を預かっていて、戦後昭和五十年（一九七五）、少尉の母親の所在を突き止めて三〇年ぶりに届け、また龍虎隊の記念写真などを復員のとき持ち帰った人である。

同期生はありがたいもので、川平が主計科に案内してくれて、飛行服を借り受け薄暮飛行に間に合った。

川平の思い出としては、私がもらった子犬は、川平がくれといっていた子犬で、女学生の娘さんが「川平さんはオッチョコチョイだから、殺してしまう」と云って渡さなかったものであることを知った。きょうの出撃に川平は機上から挨拶して行った。（略）

参謀によって全員に酒が注がれ、厳粛な別盃が交わされ、その静寂に参謀がいたたまらないのか「まだあるぞ、飲め飲め」と注いでまわる。「飲み終わったら盃を割れ」と、つとめて明るく言っていた。

ひょうきんな川平が、古武士が出陣にやるように盃を投げたが、草むらでは白素焼の盃がうまく割れぬ。川平が「コンクリなら割れるのに」と言って、大笑いとなった。

予科練のとき読んだ大木惇夫の『海原にありて歌へる』を思い出した。

言ふなかれ、君よ、わかれを、
世の常を、また生き死にを、

海ばらのはるけき果てに
いまや、はた何をか言はん、
この夕べ相離《あいさか》るとも
かがやかし南十字を
いつの夜か、また共に見ん、
言ふなかれ、君よ、わかれを、
見よ、空と水うつところ
黙々と雲は行き雲はゆけるを。

遺された写真の表情からも、川平誠隊員の快活な性格は充分にしのばれる。そして隆平は思うのである。第三龍虎隊の隊長三村少尉は、「九三中練とはちょっと情けないが、我慢して頑張ろう」と日記に述懐している。

それも重い言葉だが、川平少尉は赤トンボと呼ばれる軽薄短小の飛行物体に淡々と身をあずけた。そしてコックピットの隆平の落書きを見て、あのような遺書をくれたのだ。

……かなわぬまでもやれるだけの事はやってまいります。……貴方の未来に祝福を。その未来のなかに俺の時間も少しばかり入れてください。　M・K

「その未来のなかに俺の時間も」とは、笑って少しばかりおどけたつもりだろうが、かすかに若者の中で羞恥《はにか》みながら動いている生への執着が、にじんでいるかに隆平には感じられた。

あの日、川平少尉は「機上から挨拶して行った」という。出撃の別れのときも、敵艦に激突するときも、M・Kはその笑顔のままで散華したのであろうか。

幾時代かがありまして

関門海峡のそばに本社をおくY紙に赤トンボ戦記『木枯し帰るところなし』の連載がはじまったのは、偶然にも第三龍虎隊出撃の日にあたる二〇一四年七月下旬だった。川平少尉が下宿の娘に子犬を貸してくれと頼み、それを断わられる場面が新聞連載のさし絵に載って間もなく、福岡市の女性から隆平は一通の手紙を受け取った。台湾新竹高女の同級生が山口県の周南市にいて、どうもあなたのことらしいと知らせてきたという。川平少尉の遺族との連絡がとれず資料不足で、何か不消化なものを感じていた隆平を狂喜させる手紙の内容だった。

はじめてお手紙さしあげます。わたくしは戦時中、新竹市で下宿屋をいとなんでいた家の娘で、終戦当時は新竹高等女学校の一年生でございました。川平誠さんは、たしかに下宿しておられた特攻さんで、よく覚えております。

この手紙は小学校教諭をしているわたくしの孫娘が話をまとめてくれたものでございます。

わたくしの家は新竹にあった食品工場の社員寮だったのでございます。その工場が空襲で全焼して操業できなくなり、閉鎖になった寮を航空隊にお貸しするようになりました。

いつも一〇人くらいの若い飛行兵の方が下宿されました。特攻隊の方は特別に兵舎を出て、自由な下宿を宿舎にすることが許されていたのでございます。

川平誠さんは終戦一カ月前の七月のはじめから入られたと記憶しています。陽気な人で、今でいうイケメンでもございましたから、遊びにきていたわたくしも含めて、女学校の同級生みんなのアコガレの特攻さんでした。川平さんはわたくしたちの女学校の校歌なんかもすぐに覚えて、一緒に歌ってくださいました。

浅みどり晴れたる空に／次高の山の秀《ほ》しるく
ほのめくや理想のひかり／大御代の御民と生くる新竹の／われらが友は心高かれ……

川平さんは声もよく、歌もお上手でした。校歌の四番までみんな覚えてしまわれました。

川平さんは詩がお好きで、わたくしたちに中原中也の「サーカス」などいろいろな詩を教えてくださいました。校歌とはちがう、美しいことばにうっとりと心を打たれ、みんなで声をそろえて朗読したこともあります。

幾時代かがありまして
　茶色い戦争ありました
幾時代かがありまして
　冬は疾風吹きました……

　わたくしたちは川平さんが、大変な任務を背負っておられるとは知っておりました。しかし川平さんは、そんなことはおくびも出さず、いつもにこにこと笑顔をうかべ、わたくしたちも、わざと無邪気になにも気づかないふりをしていたのでございます。一月足らずの表面楽しい日々があっという間にすぎようとするころのことです。

　当時、家で飼っていたコロという子犬を、川平さんが貸してくれ隊につれて帰ると言われるのを、駄目だとわたくしは断わりました。

「川平さんはオッチョコチョイだから、殺してしまう」

　とわたくしが拒絶したことになっています。子犬を手放したくないので、つい口にしてしまったのですが、本心で言ったのではないのです。その子犬は山口という隊員のかたが、強引につれて行きましたので、川平さんには悪いことをしてしまいました。

川平さんの出撃が近いのは気づいていましたが、やはり突然でしたので、そのことは三日後になって聞きました。「これを郁代ちゃんに渡してくれ」と置いていかれた形見の中原中也の詩集をとどけてくださったのは山口さんです。何度も読み返してぼろぼろになってしまいましたが、文圃堂の『山羊の歌』は今も大事に保存してございます。わたくしはなぜコロを川平さんに貸してあげなかったのだろう、しかもあんなひどいことを言って、と後悔で身を責めているとき、さらにわたくしを悲しませたのは、コロが隊の寝台から落ちて死んだことです。可哀そうなコロ、そして川平さんにも申し訳ない思いで胸をつまらせました。後悔することはまだあります。

「郁代ちゃん、戦争が終わって、まだ生きてたら、ままあオレの嫁さんになってくりょう」

と、川平さんが冗談ごかして言われたとき、わたくしは恥ずかしく「ばかなこと言わんでください」と喚《わめ》いたのです。わたくしは本当に馬鹿な娘でした。それから最後に申し上げます。東京の飛行機会社気付のあなた様あての川平さんの手紙を軍に内緒で、ポストに投函したのはわたくしでございます。それをわたくしに頼むとき、深田さまのことも教えてくださいました。あの赤トンボは、川平さんと一緒に沖縄の海底で眠っているのでございますね。

あなた様はご立派になられて、川平さんのことをお書きになっていらっしゃると知って、本当にうれしゅうございます。川平さんも、きっとお喜びのことでしょう。

わたくしは今八十四歳、間もなくお迎えがくるでしょうが、あの世で川平さんにお会いできること、今はそれのみを願っております。

レイコ・クルックの赤とんぼ

わぁ、きょうの赤とんぼ、手でつかめそうに近い！

高台にある小学校の屋根が削られそうな低空飛行、

二枚の赤い羽根にはさまれた凛々《りり》しい飛行機乗りさんの顔が見える。
白いマフラーがなびいて、白い鳩になって飛んだぞ！
雲ひとつない紺碧《こんぺき》の空に白い幾何学模様《きかがくもよう》の絵を描いて、
交差したりパァッとはなれたり、高くなったかと思うと
獲物を狙う鷲《わし》のように急降下してくる。
そしてこのくすぐったいようなプロペラの音。
牛の鳴き声しか聞こえないこの村で、たったひとつの文明の音！
そして桂子を遠くへ連れていってくれる華麗《かれい》な〈赤いプリンス〉たち。——

レイコ・クルック『赤とんぼ　1945年、桂子の日記』の書き出しの一部である。著者は昭和十年（一九三五）長崎県諫早市に生まれ、小学生時代をこの町ですごした。

家の近くに国立長崎地方航空機乗員養成所があり、幼時から九三式中間練習機に親しんだ。ちなみに特攻生き残り庭月野英樹は、その長崎航空機乗員養成所の出身である。

子供の身で赤トンボに体験飛行させてもらったという貴重な経験の持ち主だ。成人してフランス人と結婚、パリに住んで芸術活動をつづけながら、望郷の思いと共に赤トンボへの懐かしくも悲痛にみちた回想を『赤とんぼ』の一冊につづっている。

終戦の年、十歳の彼女は赤トンボ焼却処分の実景を目撃した。

「赤とんぼの死」

桂子は目を疑った。

燃えているのはなんと、赤とんぼではないか！

私の赤いプリンスは地べたにしがみつき、腕をがっくり折って体を痙攣《けいれん》させている。

赤い羽根がめくれあがり、めらめら火を吹いている！

赤とんぼが焼き殺されている。ひどい！

………

レイコ・クルック女史の『赤とんぼ』を隆平が手にしたのは、連載が終わりに近づいたころだった。パリ発の赤トンボ終焉の知らせが、ギリギリ間に合ったという感じだった。

紅蓮《ぐれん》の炎につつまれる赤トンボの断末魔を、深田隆平は想像した。それは荘厳な葬《はぶ》り火《び》であった。その業火のむこうに、あの日、屈託のない笑顔で整列した第三龍虎隊の若者たちの聖なる幻を、隆平はたしかに見たのだ。

玉音放送

第三龍虎隊の全機が突入をとげたあと、すぐに第四龍虎隊が編制され、出撃は昭和二十年（一九四五）八月十四日と決まった。

こんどは二小隊一六機編制だった。第三龍虎隊が、駆逐艦を撃沈したことがわかって、気をよくした司令部は機数を倍加した赤トンボ特攻隊の出撃をもくろんだのだが、あくまでも小出しの出撃だった。

兵力の逐次使用は、作戦の常識からもはずれている。

「決定的な瞬間にできるだけ多数の軍隊を戦闘に注入せねばならぬということである。

これは戦略上の第一の原則である」（クラウゼヴィッツ『戦争論』）
基地はなお四六機の赤トンボを保有し、それに近い数の操縦士もいる。全部を使い果たそうというのだったら、臆病におどおどと小出しにしないで、間をおかず全機を投入すべきだったかもしれない、と隆平は思う。
新竹の司令部の不決断が、結果的にいたずらな兵力の費消を避けることにはなった。
第四龍虎隊の構成員として待機していた笹井敬三は、八月十五日正午の玉音放送で命拾いした前後の模様を、手記に大要次のように書き遺している。

八月十日ごろ、山口兵曹は兵舎の片隅に隠し持っていた不時着機の電信機（スーパーヘテロダイン）で、広島・長崎に落とされた爆弾が原子爆弾であること、ソ連の参戦、ポツダム宣言やら国体維持などの気になる外電を聞いていた。

私は出撃する仲間たちと、不要になる軍服などを衣嚢《いのう》につめた。貸与の官品を主計科倉庫に還納せよとの通達があったからである。

八月十三日の朝がきた。私たちが新竹からの命令により、虎尾で待機していると、出撃は十五日に延期された。翌十四日、「十五日正午に天皇陛下の重大放送があるので、士官室の前に集合せよ」との達しがあった。

かくして前代未聞の終戦の日を迎えたのである。その日は雲ひとつない、暑い日だった。陛下の玉音放送は、雑音がおおく聞きとりにくい。要旨がわからないまま空虚な雰囲気につつまれてしまった。

隊長の小林大尉が首をかしげて庁舎に入り、しばらくして沈痛な面持ちで帰ってくると、「わが国の無条件降伏により、本日から全面戦闘停止」を告げた。

八月二十四日、虎尾基地では、軍に協力したお偉方や民間人を、九三中練の後席に乗せて、保有する四十六機による最後の編隊飛行をおこなったのち、プロペラと気化器をはずして、航空基地の機能を放棄した。

敗戦の年が暮れた。翌年二月中旬、復員船が高雄に入港すると知らされ、笹井敬三元特攻隊員たちはトラックで高雄に移動する。

復員船・米軍貸与のリバティー船「VO5」に乗って笹井敬三たちが二月二十二日に台湾の高雄を出発、広島湾の大竹港に着くまでの行程を隆平は彼の手記から大略追ってみる。

――船脚が七ノット（一二キロ）と遅いので、三日目の真夜中に沖縄本島を左に見て北上、笹井には第三龍虎隊七名の壮烈な最期が思い出されてならない。もう少し戦争がつづいていたら、今の自分たちはなかったはずだ。青白い光を放つ夜光虫の黒い海を眺めて、感無量だった。

船酔いになれたころ、水平線の彼方に九州の陸影を見たときの歓喜は頂点に達していた。高雄を出港して五日目（二月二十七日）の午後、大竹港に上陸、廃墟と化した祖国日本の復興につくすことを誓いあい、いずれかの日に、再会を約して同期生と別れる。

滋賀県の実家に帰ってから、しばらく虚脱状態がつづき、自分が生きていることへの後ろめたさを感じたりもした。やがて平和な土の上に立っている歓びをかみしめるようになったが、あの日声もなく別れを告げていった第三龍虎隊の人々の蒼白な顔がやはり忘れられない。

笹井敬三が経済的余裕のある生活を確立、宮古島に第三龍虎隊の慰霊碑を建立しようと思い立ったのは、昭和の年号が平成に変わって三年ばかり経ってからで、それは赤トンボが出撃しておよそ半世紀を過ぎるころである。

祖国の土を踏んだ瞬間から、特攻生き残りの笹井敬三元一等飛行兵曹が見つづけてきた長い夢の実現であった。

エピローグ

貴様と俺とは

エメラルド・グリーンに縁取られた亜熱帯の楽園、沖縄県宮古島市二重越の陸軍墓地の一角に、海軍軍神の慰霊碑が姿をあらわしたのは、平成七年（一九九五）七月二十九日だった。

半世紀前のこの日、神風特攻第三龍虎隊の七人が赤トンボ練習機に二五〇キロ爆弾、片道の燃料を積んで出撃、散華した哀しい記念の日にあわせて、慰霊碑の除幕式がおこなわれたのだった。

施工の石材店、場所の選定、宮古島市との交渉、そして工費一六〇万円など建立のすべては、笹井敬三の独力で進められた。

高さ三・五メートル、黒御影の堂々たる慰霊碑である。碑銘も笹井自身が文案を練り、雄渾畢生《ゆうこんひっせい》の筆を振るった。

背を丸め深く倒せし操縦桿
　千万無量の思い今絶つ
　　神風特別攻撃隊第三次龍虎隊

建碑の由来

　もう何も思うまい、もう何も思うまい
と思うほどこみ上げる父母への思慕、
故郷の山河。
今生の別れの瞼にうかぶ、月影淡く、
孤独を伴に、無量の思いを抱き、
唯ひたすら沖縄へ、
この胸中いかにとやせん、
あゝ壮絶の死、真に痛恨の極みなり。

一九四五年七月二十九日夜半
神風特別攻撃隊第三次龍虎隊
上飛曹　三村　弘
一飛曹　庵　民男
同　近藤清忠
同　原　優
同　佐原正二郎
同　松田昇三
同　川平　誠

義烈七勇士は、日本最後の特攻隊として世界恒久の平和を念じつゝ、ここ宮古島特攻前線基地を離陸、沖縄嘉手納沖に壮烈特攻散華す。その武勇萬世に燦たり。願はくは御霊安らかに眠られよ。父母のみむねに。

神風特別攻撃隊龍虎隊一同
一九九五年七月二十九日
神風特攻第四次龍虎隊員
滋賀県水口　笹井敬三建之

砂糖黍《さとうきび》畑を通り抜け、ハイビスカス、ブーゲンビレア乱れ咲く宮古島の道をたどって、慰霊碑の除幕式には大勢の人々が集まり、赤トンボの栄光を讃《たた》えた。生き残った予科練の同期生や後輩たちは、東京や関西から駆け付け、島の人たちもやってきた。

たまたま島は宮古まつりの最中で、市内は祝賀パレードなどでにぎわっている。島を挙げて慰霊碑の除幕を祝ってくれているかに和《なご》んだ雰囲気が、龍虎隊七人の霊をなぐさめている感じだった。

碑前のセレモニーが終わりに近づいたころ、初老の男が大声でつぶやいた。

「可哀そうじゃなあ。木と布で作ったようなヒコーキやて？　それで爆弾抱えて、体当たりしたんか。みんな十七か十八か、まだ子供やないか……」

あとは意味不明の涙声だ。
粛然とした空気を裂いて、にわかに歌声があがり、やがて地の底から湧くような合唱になった。すでに八十歳を超えた予科練ＯＢたちが、肩をくんで歌うやや調子はずれの哀調を帯びた郷愁の軍歌は、参列した女性群のすすり泣く声をまじえて、高く晴れあがった平和な亜熱帯の島の上空にこだました。

貴様と俺とは　同期の桜
同じ航空隊の　庭に咲く
咲いた花なら　散るのは覚悟
………

深田隆平が老残の身を励まして宮古島を訪れ、慰霊碑の台座に深々と刻まれたＭ・Ｋの実名を確かめたのは、この除幕式から二十年後のことである。
この碑を建てた笹井敬三もすでに鬼籍の人だった。戦争の惨状を目撃した二十世紀の人間は、いずれ皆いなくなるが、戦争はいけないと健気に告げて、月明の沖縄の空に消えた年若い特攻隊士の声だけは、大事に伝え遺《のこ》さなければならない。石の命があるかぎり、宮古島の赤トンボ慰霊碑は、無言にそれを語りつづけてゆくだろう。

透明に突き抜ける平和な日本の青空を存分に飛翔したい――。

若者の夢はただそれだけだった。その夢をエサに彼らが誘いこまれた空は、もはや戦雲たちこめる消亡の空間でしかなかった。

鞭《むち》打たれ鍛えられて、ようやく一人前のパイロットに育ったばかりの彼らにあてがわれた飛行機は、二五〇キロ爆弾を装着した布張りの赤トンボ練習機だった。

この龍虎隊慰霊碑は、二十世紀中葉を生きる日本の若者を襲った悲劇を刻む鬼哭《きこく》の石碑《いしぶみ》である。誇り高く短く燃えた青春の記念碑である。

あとがき

この物語は僕の私体験に基づいていますが、かなりの虚構を用いているので、あくまでも小説として読んでいただかなくてはなりません。人物の大半は実在の人々ですが、多くはもう旅立ってしまいました。これはある意味で自身もふくめたレクイエムです。

僕は子供のころオートジャイロが離陸のため滑走中、転覆するのを目撃したことがあります。それが空飛ぶものとの運命的な出会いでした。大破した機体の残骸を荷造り、発送した運送屋が家の近くにあって、持主の許可を得たのかどうかわからないが、その店の裏庭に垂直尾翼が隠してあるのを触ってみたのも強烈な記憶で、以来なにものか飛行物体が僕の中に棲《す》みついたのです。

その話を取り込んだ私家版『私とエアロプレーンとの関わり』を作り、別に『夕焼けの祖国よ——赤トンボに捧げる』をアルバム形式で編みました。これを発展させたのが山口新聞連載の『木枯し帰るところなし——赤トンボ年代記』だったのです。山口誓子の「海に出て木枯帰るところなし」が、特攻隊に寄せて詠まれたのにちなんだ題名です。著作権の問題など勘案して改題したのが本書であります。

なぜこの話を書かなければならないかは、深田隆平の口をかりて表白していますが、二十歳のときの戦時極限状況下、匿名の手紙による異常な邂逅譚《かいこうたん》を、半世紀を過ぎたころになり、このかたちで世に出すことになりました。

はからずも有縁の人となったM・Kさんが、僕の手を加えた赤トンボを操縦して凄絶な死をとげたと知った瞬間から使命感に突き動かされて取り組んだのがこの戦記でした。米駆逐艦キャラハンを沈めたのは川平少尉の赫々《かくかく》たる武勲にはちがいありませんが、同艦に乗り組む、やはり親きょうだい、恋人を持つ四七人を道づれにしたことも忘れてはなりません。

平成二十七年（二〇一五）五月二十七日、那覇市で沖縄戦での海軍戦没者慰霊祭があり、第三次龍虎隊の人々もこれにふくまれますので列席しました。五月二十七日は日露戦争の日本海海戦にちなむ旧海軍記念日にあたります。

僕は小学生のころ、Z旗をあしらったリボンを胸につけ、校庭に整列して「東郷さん、東郷さん」の歌を合唱したことを覚えています。それは軍国主義華やかなころの戦勝謳歌の記憶ですが、いまは敗戦悲史を記念する海軍司令部壕跡の公園で平和の祈りを戦没者に捧げる日となっています。

翌日、海上自衛隊那覇航空基地のP3C（対潜哨戒機）の体験搭乗に参加、四十分間にわたり慶良間《けらま》諸島海域を遊弋《ゆうよく》する機会にめぐまれました。

海上約二〇〇メートルを低空飛行する機上からみる慶良間湾には、波静かな群青の海に散らばる小島が、いつか見た宮城県の松島湾や、それにそっくりのパラオ諸島の礁湖の風景を連想させました。

慶良間諸島は日本本土占領をめざしてまず沖縄攻略にかかる米軍が上陸したところで、激烈な攻防戦が展開された海域でした。しかも島民数百人が自決した痛ましい戦争の傷跡をとどめる海でもあります。

集結した米駆逐艦隊を攻撃目標に、宮古島を出撃した七機の特攻赤トンボが散華したこの海の透き通る砂底を見下ろす悲しいまでに美しい光景を網膜に収めながら、僕は第四次龍虎隊の山口忠平（甲飛一二期生）が手記に書いていた大木惇夫の詩『海原にありて歌へる』の一節「海ばらのはるけき果てに／いまや、はた何をか言はん……」を、思わず口ずさんでいました。

白砂の環を描く慶良間の小島の群れは、リゾート地となってホエールウォッチング、スキューバ・ダイヴィング・ツアーに全国から集まってくる若者たちでにぎわっています。その光景は龍虎隊が出撃した宮古島からも見られます。

そんな平和を願って戦い、短い青春を終えたあの若者たち、そして個人的には何の恨みもなく死闘して果てた両軍兵士たちも頬笑みながら楽園の様子を、いま僕がいる同じ上空からながめているにちがいない。無心に翔ぶアメリカ製P３C機中で去来する思いがありました。

特攻隊士が散りぎわに遺した言葉は、愛する人々への深い思いと同時に、異口同音に「平和」を希求する祈りであり、次世代の若者に自分と同じ悲しみを味わわせたくないための、それは全身全霊の伝言です——。

布張りの赤トンボに二五〇キロ爆弾を抱かせ、焦熱地獄に激突した少年操縦士への尽きせぬ哀惜と、戦争への呪いをこめて僕はこれを書きました。執筆にあたっては終始取材、資料提供など協力を惜しまれなかった元特攻隊員庭月野英樹氏、第四龍虎隊員遺族笹井良子さんには大変お世話になりました。

沖縄在住の史家狩俣雅夫氏には第三龍虎隊に関する詳細なご教示をいただきました。

出撃日時その他について、同氏は冨士参謀の手記の一部に疑義ありとして独自の見解をお持ちでした。研究がすすめばいろいろと矛盾も見えてくるのでしょう。僕は小説家として虚実皮膜の間《あわい》に立ち通説の多くを採らざるを得ませんでしたが、このことは理解していただきました。ともあれすべては宿命を負わされ、一瞬の光芒《こうぼう》を放って散華した七人の若者の短くも美しい人生に収斂《しゅうれん》していくのです。

新聞連載の挿絵を担当された三戸光顕氏、山口新聞特別編集委員佐々木正一氏、宮古毎日新聞記者平良幹雄氏、またご高配いただいた幻冬舎の森下康樹氏に心から感謝申し上げ、最後に赤トンボ特攻隊士に捧げる追悼詩を書き留めて、著者の祈りとします。

二〇一五年盛夏

古川　薫

赤トンボの翼——やまとなでしこの詠《うた》える——

青春って、美しく悲しいものですね。
あの日、宮古島の基地から
片道の燃料を積み、
別れを告げるしぐさで
赤トンボの羽を左右にふりながら
みんなそうして征《い》ったのですか。
あなたは十八歳
あなたは十九歳
ブーゲンビレア

ハイビスカスの花が咲き香る
砂糖黍《さとうきび》畑の孤島の空の果てに、
笑って散った若桜《わかざくら》のあなた。
おもしろきこともなき世をおもしろく
生きよとは、誰が教えてくれたのですか。
神話の青空を飛翔したペガサスの化身となって、
世界を天かける夢。
あなたの夢はそれだけだったのに。
その夢を追って鞭打たれ鍛えぬかれて、
すぐれたパイロットに育ったばかりの
あなたが見たふるさとは
戦雲たれこめる修羅の海でした。

木枠《きわく》と布張《ぬのば》りの練習機
聖なる赤トンボの翼の下に、
二五〇キロ爆弾を抱いて、
異国の軍艦に体当たりせよと命じられ、
あなたは笑って挙手の礼。
幼い面影を遺して、
飛び立った少年航空兵の瞳は濡れて
輝いたのでした。

ああ、海に出て木枯帰るところなし——
背を丸め操縦桿を押し倒して、
焼滅点《バーニング・ポイント》への急降下。

父よ母よ、弟よ、妹よ、恋人よ。
万感の思いを絶ってまっしぐら。
エメラルドの海を血に染めて、
あなたの短い人生は終わったのですか。

あなたは神風龍虎隊の戦士。
昭和の乱世を駆け抜けた誇り高き若鷲《わかわし》。
ああ、君死に給ふことなかれ！
今この祖国の楽園の蒼穹《あおぞら》を
翔《と》びつづけてくださいますか。
あの日のように
純白のマフラーをなびかせて。

【注】

海に出て木枯帰るところなし　――山口誓子
赤トンボ　――海軍九三式中間練習機の愛称
おもしろきこともなき世を　――高杉晋作の辞世
背を丸め操縦桿を　――神風龍虎隊慰霊碑の碑文
君死にたまふことなかれ　――与謝野晶子の詩

【参考・引用図書】

土井全二郎『失われた戦場の記憶』（光人社）／森本忠夫『特攻』（文藝春秋）／森山康平『特攻』（河出書房新社）／柳田邦男『零式戦闘機』（文藝春秋）／吉村昭『空白の戦記』（新潮社）／デニス・ウォーナーほか『ドキュメント神風（下巻）』（時事通信社）／冨士信夫『爆装九三中練が最後の決戦を挑んだとき』（「丸」一九七三年一月号）／庭月野英樹『蒼空の彼方に』／笹井敬三『悲しき羽音』／國吉實『少年と石垣島特攻基地』（東京経

済）／レイコ・クルック『赤とんぼ　1945年、桂子の日記』（長崎文献社）／林えいだい『陸軍特攻・振武寮』（東方出版）／『レイテ沖海戦と特別攻撃隊』（晋遊舎）／『アメリカ合衆国戦略爆撃調査・日立航空機株式会社』（日立鵬友会）／『太平洋戦争記録「先島群島作戦・宮古篇」』（先島戦記刊行会）／『沖縄戦アメリカ軍戦時記録――第10軍G2㊙レポートより』（三一書房・上原正稔訳編）／笹井敬三『知られざる赤トンボ特攻「龍虎隊」沖縄へ出撃せり』（「丸」第五四巻・第六号）／クラウゼヴィッツ『戦争論』（徳間書店）／野原茂『赤トンボ操縦術』（光人社）／野原茂『93式中練の開発史』（「世界の傑作機No．44　93式中間練習機」文林堂）／角田和男『修羅の翼』（光人社）／大道寺友山『武道初心集』（岩波文庫）／山本常朝『葉隠』（中央公論社「日本の名著」）／菅原道大『菅原将軍の日記』（偕行社「偕行」）／笹井敬三『月刊「予科練」』（昭和五十五年四月号）／宇垣纏『戦藻録』（原書房）／大木惇夫『海原にありて歌へる』（金園社「大木惇夫詩全集」）／中原中也「サーカス」（文圃堂『山羊の歌』）

解説

縄田一男

二〇一八年五月五日、古川薫さんが血管肉腫のため、山口県下関市の病院で逝去された。昨年末、九十二歳の最新作『維新の商人《あきびと》　語り出す白石正一郎日記』（毎日新聞出版）を刊行されたばかりだというのに——。

白石正一郎は、古川さんと同じ下関出身の豪商で、高杉晋作や吉田松陰同様、自家薬籠中の人物。作品は、その日記を通して、この勤皇商人と、維新の先駆者、あるいは傑物との関わりを追ったもので、その健筆ぶりは、まったく年齢を感じさせないものだった。

そしていま、古川さんの死をようやく受け入れられるようになって、本書の解説の筆をとるためにこの『君死に給ふことなかれ　神風特攻龍虎隊』を読むと、何やら古川さんの遺言めいた気がしてきてならない。

作家は多かれ少なかれ、死ぬまでにこれだけは書かなければならないという宿題のようなものを抱えているものだが、何しろ本書は古川さんの半自伝的な作品。その戦中派としての思いを後世に伝えるために書かれたものだからだ。

この作品は、はじめ『木枯し帰るところなし——赤トンボ年代記』の題名で二〇一四年七月十日から同年十二月三十一日にかけて、「山口新聞」に連載され、戦後七十年の節目の年、二〇一五年七月、幻冬舎から刊行された際、現在の題名に改められた。

物語は、平成二十六（二〇一四）年五月、古川さんの分身である深田隆平——元Y新聞記者（古川さんの場合は山口新聞）で、いまは作家——が、宮古空港に降り立って、タクシーを拾い、特攻隊の慰霊碑を捜してくれ、と頼むことからはじまる。

その慰霊碑は、果てもなく広がる砂糖黍畑を突き抜ける一本道を走り、やがて緩やかな坂道を上って、まばらな樹林の中、標高一〇〇メートルばかりの丘の頂上にあった。

しかし、深田が見つけた「通魂之碑」には、「第三次龍虎隊」の名はどこにも記されていない。

だが、別の慰霊碑には、二十歳に満たない若年兵が乗る布張りの練習機――通称赤トンボ――に二五〇キロ爆弾を抱かせ、敵艦に体当たりさせる狂気の沙汰ともいえる特攻作戦で散った、第三次龍虎隊の面々の名前があったのである。

そして深田は、その中に捜していた名前、M・Kこと川平誠のそれを見出す。

そして、深田は、運転手である玉城貞三郎の「この島で殺された兵隊の中にも、特攻隊の皆さんと同じ若者がおったことを忘れんでもらいたいんじゃ。この人たちは無名戦士です。称賛もされない。涙も流してもらえない。今は無縁仏じゃ」ということばに、自分は特攻隊だけをチヤホヤするように見られていたのか、と彼の不機嫌の理由を知る。

こうしたお互いのやり取りの中から二人は腹を割って話をし合うようになり、ホテルに向うタクシーの中で深田は物語をしはじめる。

「この特攻隊員（川平誠）と僕との奇しき繋がりを書いておくことは、彼らと同じ不幸な時代を生きた物書きとして、残り少ない人生で最後に果たすべき義務だと思って、やってきたのですよ」（傍点引用者）と断ってから――。

先に私が、本書が古川さんの遺言めくといった理由もこれで了解されよう。

また、沖縄戦で死んだのは兵隊ばかりではない。多くの民間人も犠牲になっている。敗戦の二ケ月前、沖縄軍の最高責任者である大田實海軍中将が、自決の前に参謀本部の海軍次官に宛てた電文には、通常、訣別電文に見られる〝天皇陛下万歳〟や〝皇国ノ弥栄〟といった文言は、一切見られず、ただただ、本来、守るべきはずの沖縄の県民に塗炭の苦しみを味わわせてしまったことや、同県民の献身と健闘が讃えられ、最後は次なる有名な文章でしめくくられている。

沖縄県民斯ク戦ヘリ　県民ニ対シ後世特別ノ御高配ヲ賜ランコトヲ

が、それは果たして実現されているのか。いまも沖縄は本土の犠牲になってはいないか――。

話が少々逸れた。この物語に戻そう。

深田とM・K（川平誠）との奇縁は、深田のちょっとした悪戯心からはじまる。

昭和十八（一九四三）年、十八歳の深田は、羽田工場で飛行機、前述の赤トンボの修理工をしていた。その深田は、後に許嫁となる山根美沙子と穴守稲荷へ行き、お守りだという神社の砂——病気平癒なら病室の床に、家の厄除けなら玄関のあたりに撒き、出征兵士ならそれを懐にしまっておけば弾除けになる——を持って帰る。

が、そんな楽しさもつかのま、昭和十九年になるとサイパンが陥落、東京への空襲も間もなくはじまるという頃、深田も兵役にとられることに——。二人は最後の思い出にと有楽町の映画館に「小太刀を使う女」を観に行く。

余談だが、私は市販されたこの映画のビデオを所持しており、何だか、妙に割り切れない気分でいる。

そして、深田は、美沙子から、別紙に与謝野晶子の詩の一行「君死にたまふことなかれ」と震える字で書いてある、互いに「穴守の砂」を持っていようという手紙をもらうことに。

そして、会社を去る前日、ほんの悪戯心から、赤トンボの羅針儀の下に、
栄光ノ赤トンボニ祝福ヲ。武運長久ヲ祈リツツ本機ヲ誠心整備ス。日立航空機羽田工場技手補・深田隆平
と刻み、「穴守の砂」を一つまみほどふりかけたのだ。

自分はどうせ、出征して死ぬ身。それに較べて、この赤トンボは練習機だから、

「幻の赤トンボとなって、いずれ戦場で果てるまで隆平の脳裏を駆けめぐるのだ」と軽い気持ちであったのかもしれない。

が、それがそうではなくなるのだ。

沖縄転属が決まるや、間もなく特攻出撃するM・Kと名乗る兵隊から、深田のところに手紙が届くのである。


なつかしい赤トンボでの出撃とは思いもよらぬことでした。羅針儀下の貴方の一文を発見し、最後のお別れを告げたくなりました。深田さんが誠心整備された栄光の赤トンボを操縦して行きます。（中略）貴方の未来に祝福を。その未来のなかに俺の時間も少しばかり入れてください。


一見、何気なく書かれているようで、このことばの重みはどうであろうか。

深田は、美沙子を空襲で亡くす一方、戦後、M・Kが宮古島から飛び立った、第三次龍虎隊の中にいたことを知る。私は、作品を超えて、古川さん、その道の何と遠いことだったでしょうか、と思わず、語りかけずにはいられない。

本書の後半では、深田が、狩俣雅夫氏をはじめとする研究者の方々と、第三次龍虎隊の謎多き特攻のさまに迫っていく様子が描かれていくが、客観視し切れない部分が激しく私たちの胸を打つ。

本書が、終わらない戦後を生きる人たちの痛ましくも気高い鎮魂歌であることはいうまでもないが、古川さんの心を安んじたのは、本書刊行後、M・K氏の御遺族が、この一巻を読んで名乗り出てくれ、古川さんが、静岡県に存在したM・K氏のお墓に足を運ぶことができたことであろう。

奇縁ではじまった物語は、奇縁で幕を閉じたのである――いや閉じたのか？

私は今年、還暦を迎えたが、一度も沖縄に行ったことがない。こんなことを書くと、戦争も知らないくせに利いたふうなことを書くな、といわれるかもしれないが、私は、沖縄は、本土の人間が何も知らずにただ遊びに行くところではない、頭を下げに行くところだという思いが抜けないのだ。そして、本書を読むと、それはお前が沖縄に行ってぬかずく勇気がないからではないか、と古川さんに叱咤されているような気がしてならないのである。

さて、最後にあと一篇、古川さんの作品に触れておきたい。「第七章　蒼空の彼方へ」の〝世紀末の歳月〟の中で、長州藩の真鍮砲のことが出てくるが、このくだりに関心を持たれた方は、二〇〇六年、毎日新聞社から刊行された『わが長州砲流離譚』

をお読みいただきたい。

　この一巻は、関門海峡の「攘夷戦」の際、戦利品として、英・米・仏・蘭に渡り、杳《よう》として行方の分からなかったという長州藩の青銅（真鍮）砲——古川さんは、昭和四十一年三月、「山口新聞」の特派員としてパリのアンバリッドで一門目を見つけて以来、海外に散った長州砲の行方を追って、遂にその「戸籍簿」を完成させた。これに費やした年月、実に三十四年。

　古川さんは〝虚仮《こけ》の一念〟であるという。しかしながら、その根底にあるものは、人生のほとんどを海峡の町で暮らして、攘夷戦の戦跡を身近に感じるという、古川さんのアイデンティティーと、歴史への敬意が成せた業という他はない。

　古川さんは「大げさな思い入れと笑われもしようが」と記しているが、一体、誰が笑えようか。

　かつて、村上一郎は『幕末　非命の維新者』の中で「おのれ自身がどのような人でありたいかという希求なくして歴史に向うのは」「さげすむべき所業である」と記したことがある。

　だが、『わが長州砲流離譚』や本書のページをひらくとき、私たちはそうした志をもって歴史と対峙した一人の作家の情熱を見る。

こちらは、わが国の歴史ドキュメントの金字塔。もう一つの古川作品の傑作も、ぜひ文庫化していただきたい一巻だ。

——文芸評論家

この作品は二〇一五年七月小社より刊行されたものです。
JASRAC 出 1805252-801

君《きみ》死《し》に給《たま》ふことなかれ

神風《かみかぜ》特《とっ》攻《こう》龍《りゅう》虎《こ》隊《たい》

古川《ふるかわ》薫《かおる》

平成30年8月5日　初版発行

発行人――石原正康
編集人――袖山満一子
発行所――株式会社幻冬舎
〒151-0051東京都渋谷区千駄ヶ谷4-9-7
電話　03(5411)6222(営業)
　　　03(5411)6211(編集)
　　　振替00120-8-767643
印刷・製本―株式会社　光邦
装丁者――高橋雅之

幻冬舎文庫

ISBN978-4-344-42772-3　C0193　　ふ-35-1

幻冬舎ホームページアドレス　http://www.gentosha.co.jp/
この本に関するご意見・ご感想をメールでお寄せいただく場合は、
comment@gentosha.co.jpまで。